ネットの『推し』と
MY FAVE PERSONS MOVED INTO CONDOMINIUM WHERE I LIVE.
リアルの『推し』が
隣に引っ越してきた

Vtuberの中の人
林城《りんじょう》 静《しずか》
「――出てけッ!!!」

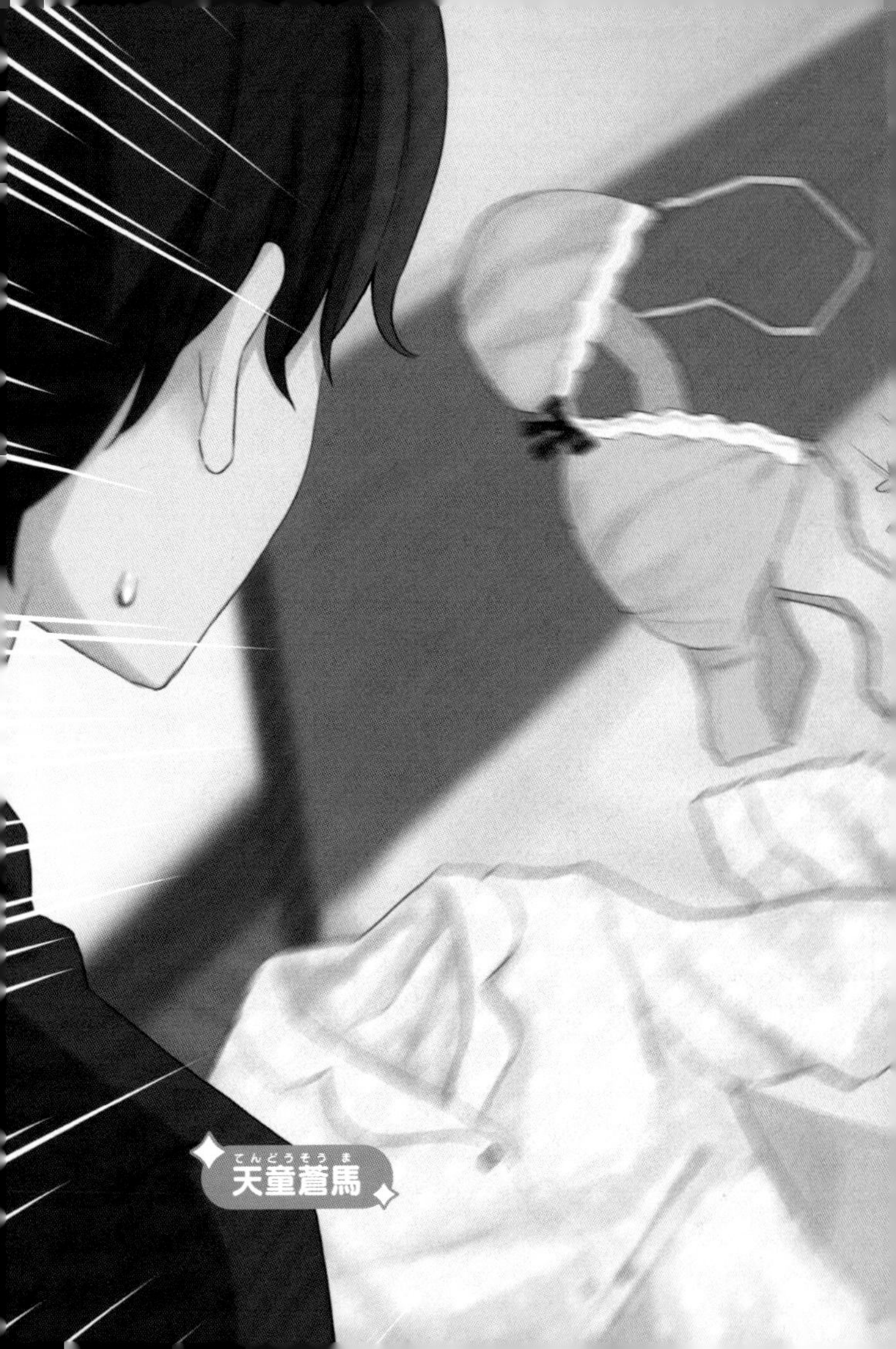

天童蒼馬
（てんどうそうま）

「メイド服……どうかな？
久しぶりにスカート履いたから、
ちょっと恥ずかしいけど」
真冬♡

幼馴染
水瀬《みなせ》真冬《まふゆ》

声優
支倉《はせくら》ひより

「……ありがとう。
そこまで私を『推し』てくれて」

MY FAVE PERSONS
MOVED INTO CONDOMINIUM
WHERE I LIVE.

CONTENTS

『支倉ひより』

イラスト：秋乃える

ネットの『推し』とリアルの『推し』が隣に引っ越してきた２

遥　透子

OVERLAP

イラスト／秋乃える

プロローグ

「…………つっかれた……」

風呂から上がった俺は、重い身体《からだ》を何とか引き摺《ず》ってベッドにダイブした。タオルケットの柔らかな感触が頬を撫《な》で、想像以上に疲労を伝えてくる身体は低反発スプリングに沈んでいく。

「今日はとにかくハードだった…………」

呪われてるんじゃないかってくらい、イベントが重なった日だった。

まず、早朝から静《しずか》に叩《たた》き起《お》こされた。部屋の中に虫が出たとかで、静が泣きながら俺に助けを求めてきた。眠い目を擦《こす》りながら捜してみたけど、散らかった静の家ではそう簡単に見つかるはずもなく探索は難航。結局そのまま部屋の片付けタイムに移行し、リビングの隅で小さな羽虫を発見したのはそれから二時間後のことだった。既に寝直す時間などなく、俺は寝不足のまま大学に行く羽目になった。

次に、大学で猫を捜した。ケイスケの知り合いの女子が大学で飼っている（いいのか？）猫がいつもの場所にいないとかで、ケイスケに頼まれ俺まで猫捜しに奔走することになった。蒸し暑い梅雨の曇り空の下、都合一時間俺は大学の敷地内を駆け回った。結局猫は時間差でいつもの場所にやってきたらしい。見つかって良かったと思う。

この辺りで既に俺はへとへとだったんだが……まだまだ今日は終わらない。今度は真冬《まふゆ》ちゃんが空気清浄機を買いたいと言い出した。これからやってくる夏本番に向け、除湿加湿機能が付いているものが欲しいとのことだった。俺たちは大学終わりに集合し、家電量販店に向かった。買い物自体はスムーズに終わったんだが………問題は最後にやってきた。時間が遅かったこともあり、配送が後日になってしまったのだ。しかし家電というものは買ったら直《す》ぐに使ってみたくなるもので、結局俺は空気清浄機の大きな段ボールをマンションまで運ぶことになった。段ボール自体は持てない重さではなかったものの、今朝からの疲労の蓄積で俺は限界に達しつつあった。

そうしてその後はいつものように皆のご飯を作り、今に至る。こんなに肉体労働をしたのは久しぶりだった。せめて寝不足でなければまた違ったんだろうが………。

「――お兄ちゃん」

頭上から声が聞こえてくる。

頭を動かすのすら億劫《おっくう》で確かめる事はしなかったけど、その呼び方をする人間は世界でひとりしかいない。

「……真冬ちゃん？」

鍵は閉めていたはずだから合鍵を使って入ってきたんだろう。その事にすら気付かないほど疲れていた。

「お疲れモードみたいだね」

「思ったよりね…………」

空気清浄機の効き目を聞きたかったけど、口を動かす事も面倒でそれだけ言うに留《とど》まった。

「お疲れ様、お兄ちゃん」

キシ…………とスプリングが沈む感触が身体に伝わる。多分真冬ちゃんがベッドに座ったんだ。

「今日はもうこのまま寝ちゃう？」

平坦《へいたん》で、でもどこか優しさのこもった真冬ちゃんの声が眠気を加速させる。

「あー…………そうな…………寝る、かも…………」

「ふふっ…………おやすみ、お兄ちゃん」

頭を撫でられた気がした。

それについて何か反応することも出来ず、俺は意識を手放した。

◆

「ふーむ、やっぱり綺麗《きれい》な部屋は気持ちがいいねえ」

すっきりとしたリビングで、私は大きく深呼吸をする。

今日は朝から蒼馬《そうま》くんと一緒に片付けをしたから、珍しくリビングが綺麗だった。

ちょっと整理整頓が苦手なきらいがある私だけど、決して汚い方が好きというわけじゃない。普通に綺麗な方が好きだった。

私は、ただ片付けが出来ないというだけの綺麗好きなんだよね。そこんとこ、勘違いしてもらっちゃ困るわけだよ。

話は変わりまして。

「蒼馬くん……何か疲れてそうだったなあ。私のせい……だよね」

さっきの蒼馬会で、蒼馬くんは何度もあくびをしていた。多分、私が早朝から起こしてしまったせいだ。昼夜逆転してて、全然時間を意識してなかった私が完全に悪かった。

……………ここはひとつ、肩でも揉《も》んであげましょうかね。

いつもお世話になってるし。

合法的に蒼馬くんに触れられるし。なーんてことは考えてないよ？

そうと決まれば話は早い。何も落ちてないリビングを抜け、私は玄関に駆けだした。

――――のだが。

「――――え」

玄関のドアを開けた私はとっさに隠れる羽目になった。

何故《なぜ》って。

「どうして真冬が…………蒼馬くん家《ち》の合鍵を持ってるの…………？」

そこには――――慣れた手つきで蒼馬くん家のドアに鍵を差し込む真冬がいた。

理解の追いつかない私を置き去りにして、真冬は蒼馬くん家に吸い込まれていく。

え。

待って。

どういうこと。

真冬と蒼馬くんが？

「これは…………尋問だあ！！！」

私はエントランスに出ると、出来る限り眉を怖い感じにして真冬が出てくるのを待った。

…………腕も組んどいた方が、怖いかな？

◆

蒼馬会から帰ってきて、私はいつものようにお酒を飲んでいた。今日は珍しくラムの気分だったから、ロン・サカパというお気に入りの一本を開けている。

リビングで一人グラスを傾けているのだけど…………何となく寂しい気分だった。お気に入りの一本も、今日はどこか味気ない。

「…………お酒、付き合ってもらおうかな」

最近は、蒼馬くんと一緒に飲むことが本当に増えた。私が誘うと蒼馬くんは嫌な顔一つせず、何ならおつまみを作ってくれさえする。本当は迷惑なのかもしれないけど……つい蒼馬くんの優しさに甘えてしまっていた。

蒼馬くんのことは……歳《とし》の離れた弟のように思《おも》っている。もし私に弟がいたらこんな感じなのかなあ、って。勝手にそんなことを想っている。私はずっと、弟が欲しかったんだ。

「……ふふっ」

どうやらお酒が入ると、私は甘えたがりになってしまうらしい。

そして、お姉ちゃんぶりたくなってしまうみたい。

なんというか、ほら。

私……もう二十六歳だしね……？

蒼馬くんと静ちゃん、真冬ちゃんと同じノリで接するのは、なかなか難しかった。

でも蒼馬くんと二人きりだったら、そういう私の本当の所を出してもいいんじゃないかって、最近ふと思うんだ。

蒼馬くんに甘えたい。

それと同時に、蒼馬くんに甘えられたい。

そういう想いがどんどん強くなる。

……無性に蒼馬くんの顔が見たくなった。

私はロン・サカパの瓶を持って、蒼馬くんの家に向かった。

　　――――のだけれど。

「え―――――ッ」

　私の目に映ったのは、合鍵を使って蒼馬くんの家に入る真冬ちゃんの姿。そして、それをじっと見守る静ちゃんの姿だった。

◆

　十分後に何食わぬ顔で蒼馬くん家から出てきた真冬容疑者を、何故か合流したひよりさんと一緒に捕まえた。ひよりさんからは少しお酒の匂いがした。

　特権ですと言わんばかりに蒼馬くん家の鍵を施錠する真冬に何だか見せつけられてる気がして、私は心のなかで「きー！」と叫んだ。

　本来なら私の部屋に連れ込んで尋問する所なんだけど………なにぶん私の部屋は集まるのに向いてない。そんな訳で私たちは真冬の部屋で話し合いをすることになった。因《ちな》みにひよりさんの部屋も今ちょっと具合が悪いみたい。仲間かな？

「片付いてるわね………」

「そう？　普通だと思うけれど」

　真冬の部屋は一言で言えば無駄が一切なかった。

　ソファ、テレビ、ローテーブル。

物が少ない訳じゃないのに、それらが適切に配置されているから簡素なイメージを受ける。柄物がないのと、敷物がないのも大きいのかも。

まあ、つまりはいつもの私の部屋と真逆だ。片付いている。

「座る場所がないから……………静は床ね。ひよりさんはソファにどうぞ」

「ええ………………いいのかなあ……?」

「大丈夫です。静は床がお似合いなので……ふっ」

「きーっ!?　生意気なやつ…………!」

私が憤っていると、真冬は他の部屋からクッションを取ってきてソファの前に投げた。

「ほら、着床しなさい」

「何かイヤなんだけどその言い方………まあ、ありがと」

クッション目掛けてお尻をつける。ふにゃ………………と柔らかい感触が、更に柔らかい私のお尻を守ってくれた。これ、結構いいクッションじゃない。真冬もなかなか優しい所があるのかも。

「それで…………何?　いきなり出待ちなんかして」

ひよりさんと並んでソファに座った真冬が、私とひよりさん――――主に正面に座っている私だ――――をあまりいい感じじゃない目で見てくる。そりゃ向こうの立場からすればそうしたくもなるよね。でも私はそれ以上に真冬を問い詰めたい気持ちで一杯だった。

ひよりさんは心配そうに私と真冬へ交互に視線をやっているけど、酔っているのかたまに変な方向を向いていた。猫がたまに変なとこを見つめる何とか現象みたいだった。

私は真冬にバレないように小さく深呼吸を済ませた。

…………絶対に納得のいく説明をしてもらうんだから。

「…………真冬、なんであんたが蒼馬くん家の合鍵を持ってるのよ」

「その事だとは思っていたけれど。妹がお兄ちゃん家の合鍵を持っているのがそんなにおかしい？」

予想していたのか真冬は眉一つ動かさない。

「あんた、妹じゃないでしょーが」

私は精いっぱい眉に重りを載せて真冬を睨《にら》んだ。両頬も膨らませた。多分フグみたいになってると思う。さあ怖がれ。

「変な顔」

「あれ？　怖くない？」

「全く。何がしたいの静《しずか》」

「真冬を怖がらせて、あわよくば合鍵を奪おうかなと」

「犯罪じゃない。内側に犯罪者がいたんじゃこのマンションのセキュリティも意味をなさないわね」

「なにおう。ピッキング犯に言われたくないやい！」

「正当な方法で入ってるつもりだけど」

「まあまあ、ふたりとも落ち着いて…………ね？」

煽《あお》り合う私たちをひよりさんが慌てて止めに入る。

私と真冬《まふゆ》は口汚く煽り合うのが普通になっているから、実はそんなに険悪な空気は感じてないんだけど、ひよりさんには緊急事態に映ったのかもしれない。

「ふぅ…………で、本当の理由は何なのよ」

私は一息ついて心を落ち着けた。ここはお姉ちゃんの私が議論をリードすべきだ。真冬は今、冷静じゃない。

「どうして教えないといけないの？　静、もしかしてお兄ちゃんの事…………好きなの？」

「ぎギギぎくっ!?　そっそそそんなことないケド!?」

「知ってたからいいけれど。それとも隠せてるつもりだった？」

「…………えっ？　うん。バリバリ」

全然、その気持ちを皆の前で出したことはないと思うんだけど。

その証拠にほら、ひよりさんは「えっ」なんて声を出して驚いてるし。

「滑稽ね。まあ私に大きく水をあけられた静があんまりにも可哀《かわい》そうだから、本当の事を教えてあげる。引っ越した初日に貰《もら》ったの。私の合鍵と交換してね」

「あんたそれ…………無理やりやったんじゃないでしょうね」

「どうだったかしら。覚えてないわ」

「絶対そうだ…………絶対そうだよ…………」

脅されて、泣きながら震える手で真冬に合鍵を渡す蒼馬くんが鮮明に脳裏に浮かんでくる。

「この鍵は…………愛《いと》しの静に渡すつもりだったのに…………」そんな事も言っていたかもしれない。なんて可哀そうな蒼馬くん。

今、私が本懐を遂げてあげるからね…………！

私が真冬から合鍵を奪おうと僅かにお尻を浮かせたその時――――まさかの人物が衝撃の言葉を発した。

「えっ……私も蒼馬くんに合鍵渡したのに、合鍵貰ってない……」

「…………は？」

「…………え？」

言葉は違えどハモったのは私と真冬。とんでもない事を言ったのはひよりさん。

今……ひよりさんなんて言った…………？

「すみませんひよりさん、今なんて…………？」

不安そうな目で私を見るひよりさん。いやいや不安なのはこっちじゃい。

「えっとね、実は私も蒼馬くんに合鍵を渡してあるの…………でも、蒼馬くん家の合鍵は貰ってなくて…………これって、どういうことなのかなあ……？」

…………………いや。

「知らんわあぁぁあああああああ何で皆合鍵渡してるのよぉおおおおおお不潔！　不潔！

大人！　不潔うぅうううううう！！！！！！」

合鍵って…………合鍵って……………………恋人同士で渡すものじゃないの!?

受け取る蒼馬《そうま》くんも蒼馬くんだよ！

私というものがありながら！

私というものがありながらああああぁああああああああ！！！！！！

理解を超える出来事の連続に思わず頭を抱える。

頭を下げると目に入る清掃されたフローリングの床が、私の思考をクリアにしていった。

「…………ごめん、ちょっと一回整理させて」

真冬が蒼馬くんの事を好きなのは分かってた。だって隠そうともしてないし。蒼馬くんに接する態度が私に対する時と露骨に違うんだもん。どんな鈍感だって気が付く——蒼馬くんは気付いてるか分からないけど。

「………………」

とにかくとにかく、真冬は想定内なんだ。私の「倒すリスト」にばっちり書いてある。

問題は——新たな伏兵。ひよりさんだ。

……………ひよりさんは全然そんな素振りなんてなかったはず。

私の知る蒼馬会の雰囲気は、私が騒いで、それを蒼馬くんや真冬がツッコんで、それを眺めてひよりさんが優しく笑い、たまに酔って暴れる。そういう感じだったはずだ。ひよりさんの事は、私たちを見守ってくれてるおっとりしたお姉ちゃんのように思っていた。

――――でも、実際は蒼馬くんに合鍵を渡してた。

ということはだよ？

「これってさ……つまり――全員、蒼馬くんの事『好き』ってこと……？」

私は顔を上げた。

まず真冬の顔が目に入った。真冬は私の言葉に少しも動揺していなかった。氷のようないつもの真顔だ。きっと大学では『氷の女王』みたいなあだ名を付けられてると思う。たまにちょっと怖いし。

そのまま隣に目をやると――ひよりさんはあからさまに動揺していた。顔は真っ赤だし視線はあちこちに泳いでる。ちょっと判断が難しいけど……少なくとも意識はしていそうな感じ。

「え――……どうする？」

私の口からまろびでたのは、そんな漠然とした疑問だった。

「とりあえず合鍵はシェアしない？」

「は？　どうして」

真冬が持っていた合鍵を守るように胸に引き寄せる。

「だってズルいもん。どうせ無理やり奪ったんでしょそれ」

「想像で話を進めないで。喜んで差し出されたから」

「じゃあ蒼馬くんに確かめてみるけどいい？」

「……………とりあえず話を聞こうかしら」

真冬はそこで初めて眉間にシワを寄せた。

ほら見たことか、やっぱり無理やり奪ったんだ。蒼馬くんは本当は私に渡したかったに違いない。

「………私が合鍵を貰えなかったのは、手元に無かったから……？　じゃあ、私も合鍵を貸してもらう権利………多分ある、わよね？」

何かを考え込んでいたひよりさんが手を叩《たた》いて声を上げた。嬉《うれ》しそうに私たちを見回している。

「…………そもそも他人の鍵を勝手に貸し借りするのはどうなんですか？」

「そこはさ、蒼馬くんに聞いてみようよ。私たち三人でシェアしていいですかーって」

「許可されるとは到底思えないけれど」

「でも、皆で頼み込んだら許してくれたりしないかなあ？」

ひよりさんが手を合わせて、嬉しそうに言う。

さっきまで不安そうに顔を曇らせていたのに、まるで山の天気だ。

「それに、私が協力するメリットがないわ。私は今のままで問題ないもの」

真冬は大事そうに抱えていた合鍵を、ポケットにしまい込んだ。それを見てひよりさんが悲しげに眉を下げた。

へえ。

……………真冬、そういう態度取るんだ。

それなら私にも考えがあるんだから。

————見てなさい。

「真冬お願いっ！　このとーり！　私たち、同じ人を好きになった仲間じゃない。ほんの少しだけでいいから私にも合鍵貸じでよおぉおおお！！！」

私は床に手をついて思い切り頭を下げた。

「わっ、私も！　お願い真冬ちゃん、私にも少しでいいから貸してほしいのっ。今度お気に入りのお酒プレゼントするからっ」

ひよりさんが見たことない俊敏な動きでソファから降りると、私の隣で土下座スタイルになった。二人並んで頭を下げる。

「…………私、飲めないんですけど」

その声色がいつもより少し柔らかかった気がして、私は思わず頭を上げた。

視界の端にひよりさんもそうしているのが映った。

「…………とりあえず明日お兄ちゃんに聞いてみるけれど。でも、ダメだと思うわよ」

「真冬っ！」

「真冬ちゃんっ！」

私たちは真冬に抱きついた。

これがあれだね、ことわざで言うところの『三人寄れば文殊の知恵』ってやつだね。

◆

「合鍵？」

珍しく朝から三人揃《そろ》って訪ねてきたと思ったら、真冬ちゃんが変なことを言い出した。

合鍵を…………今なんて言った？

まあ丁度いいや、こっちも真冬ちゃんに言おうと思ってたんだ。

「合鍵さ、やっぱり返してもらってもいいかな？」

「は？」

「ええっ!?」

「そんな…………」

真冬ちゃんに伝えると、何故《なぜ》か三人ともオーバーリアクション。

というか真冬ちゃんに合鍵渡した事をどうして皆知ってるんだろ。

「色々考えたんだけどさ、合鍵を交換するのはやっぱりおかしいと思うんだよ。色々、入られたくない時もあると思うしさ」

真冬ちゃん、本当に気軽に入ってくるからなあ…………それに、やっぱり合鍵って恋人同士で渡すものだと思うし。

「ダメっ！」

反対の声を挙げたのは、何故か静《しずか》だった。真冬《まふゆ》ちゃんを押しのけてずずいと先頭に出てくる。

「何で静が反対するんだよ」

「蒼馬くんは乙女心を全く分かってないっ！」

「…………乙女心？」

確かに乙女心なんて全く分かっている気はしないが、それが今なんの関係があるんだろうか。

「一度渡した合鍵を返せ、なんてのはね…………別れろって言ってるのと同じなの。蒼馬くん、今とんでもなく酷《ひど》いこと言ってるの分かってる⁉」

「いや…………そもそも付き合ってないんだが…………」

「あ、やっぱり付き合ってないんだ、良かった…………じゃなくて！　とにかく真冬から合鍵を回収することは私とひよりさんが許しません！」

「許しません」

静の力強い宣言にひよりんまで続く。一体どういうノリなんだよ。

「そういう事だから。この合鍵は返せない。ごめんねお兄ちゃん」

真冬ちゃんが大事そうに合鍵を両手で包む。

「乙女心が分からない蒼馬くんには、罰として私たちが抜き打ちで見回りをすることにします！　やむなく合鍵を使用させていただく場合が御座いますが、ご了承ください」

「ご了承ください」

静がどこかの定型文みたいな口調で訳の分からない事を言い出した。ひよりんと二人、揃ってぺこりと頭を下げる。

……この話し合い、今のところ訳の分からない事しか言われてない気がするんだが、果たして気のせいか？

「は？　見回り？　どういう事だ？」

理解が追いつかず聞き返す俺に対し、三人が口を揃えて言い放つ。

「これからは、皆でこの合鍵を使わせてもらいます」

…………………いや、何でだよ!?

というかさ、そういう時だけ息ぴったりなの、なに？

「…………いやいや待て待て。みんなで使うって…………どういう事？」

「そのままの意味だよ？　私たちも真冬みたいに蒼馬くんちに好きな時に入りたいの…………だめ？」

「だめ？って言われてもな…………」

小首を傾《かし》げ上目遣いで見つめてくる静に不意打ちを食らい、俺は目を背けた。

……女の子ってどこでこういう動きを覚えてくるんだろうか。男女別で分かれる体育の授業とかでやるのかな。男子が野球やサッカーをやっている間、女子は可愛《かわい》い仕草の練習をしてたりするんだろうか。そんな訳はない。

「……そもそもさ、割と好き勝手にうちに来てないか？　基本鍵開けっぱだしさ」

「そうだけど、たまに閉まってるじゃん。昨日の夜、蒼馬くん家《ち》行こうと思ったら真冬が鍵開けて入るもんだから、私とひよりさんはびっくりして腰抜かしたんだよ？」

蒼馬会の後は風呂に入ってすぐ寝落ちしたからあまり覚えてないが、少し真冬ちゃんと話した気がする。もしかして静とひよりんもうちに来ようとして、それで真冬ちゃんと鉢合わせたってことか？

「ごめんねお兄ちゃん……二人だけのヒミツだったのにバレちゃった………」

「いや、別にそんな隠れて付き合ってたみたいなのはないけど………うーん」

萎《しお》れたフリをする真冬ちゃんを一刀両断しながら頭を回転させる。因《ちな》みに真冬ちゃんはふざける時も真顔だから本気なのかめちゃくちゃ分かり辛《づら》い。いや、今はそんなことはどうでもいいか。

……合鍵なあ、正直ダメかと言われるとそうでもないんだよな……ぶっちゃけ今と何も変わらない気がする。だって、静とひよりんは真冬ちゃんみたいに夜中勝手に入ってくる事は無いだろ？

それなら二人が合鍵を持っていた方が、真冬ちゃんが侵入してくる回数が減っていいんじゃないか。苦肉の策ではあるが。

「……絶対失《な》くすなよ？　あと、俺が居ない時は勝手に入らない事。それが約束できるならまあ……いいけどさ。こっちも合鍵貰《もら》っちゃってるし」

「やたっ！…………そういえば私だけ合鍵渡してない！　今度持ってくるね、あーでもどこやったかなあ……」

「いや、別にいらんけど」

「何でよ!?」

だって片付けする時くらいしかあのゴミ屋敷行きたくないもん。怒って摑《つか》みかかろうとしてるけど、その態度は部屋を綺麗《きれい》に片づけてる奴《やつ》しか取れない態度だからな？

「良かったあ……これで好きな時に蒼馬《そうま》くんの寝顔が眺められるのね。それじゃあ私、仕事だからそろそろ行くわね」

「……え？」

ひよりんが軽く手を振って玄関に歩き出す。何か聞き捨てならない事を言っていた気がするんだが、それを確かめる前にひよりんは出て行ってしまった。

まあ言うてもよ？

そんな初日の夜中から合鍵使って入ってくる事なんかある訳ないよな。

……と思っていたのだが。

「……本当に来ないんかい！　いや入ってきてほしかった訳じゃないけどさ」

カーテンの隙間から差し込む朝日に夢から呼び戻され上半身を起こすと、すぐ横にはパジャマ姿の静とひよりんが――という事もなく、俺はひとり目を覚ました。

極々一般的な朝だ。

「なんかあれだ……ほら。ラブコメだったら入ってくるじゃん普通。絶好のお色気シーンじゃん。下着姿のひよりんが隣で寝てたりとかさ、そういうのあんじゃん」

本当に期待していた訳じゃないんだけど……予想を外された自分が何だか恥ずかしくなり、誰が聞いてる訳でもないのに言い訳が勝手に飛び出す。

「何か気を揉《も》んで損したな……」

朝からもやもやとした気持ちを抱えてしまった。起き抜けからこんな調子では一日を乗り切れない。ここは冷水で顔を洗って嫌な気持ちはすっきり流してしまうに限る。

「ふわぁ……今日も頑張りますかねえ……」

あくびをしながら寝室のドアノブを捻《ひね》り――。

「――――っ!?」

急に現れた人影に軽く飛び跳ねる。いや、人影はずっとそこにあった。ドアの前に誰かいたんだ。

一体誰だ。

真冬ちゃんか？

静か？

それとも――――。

「わ、わたっ、わたたたっ………わたしっ裸になった方が良かったのかなッ!?」

――最悪だった。お洒落《しゃれ》なワンピースを身にまとったひよりんが、顔を真っ赤にしながら壊れたロボットみたいに身体《からだ》を震わせていた。

「朝からごめんねちょっとお話出来たらいいなって思っただけなの私仕事行くからじゃあね！」

ひよりんがライブ中でしか見たことないような俊敏な動きで飛び出していく。遠ざかっていく背中を俺は茫然《ぼうぜん》としながら見送ることしか出来ない。

「…………最悪だ」

ひよりんに………ひよりんに…………下ネタ言っちまった…………！

◆

「よー、よー、そこの料理人。聞いてるかー？」

「…………はあ…………」

今朝のやらかしが頭から離れない。

…………よりにもよってひよりんに下ネタを言ってしまうなんて。折角仲良くなれたのに絶対嫌われた。大学でもその事で頭が一杯で講義にも身が入らなかったし、気が付いたら帰宅していた。今日の記憶が全くない。

「はあ………」

落ち込んでいるのに、料理の準備だけは勝手に身体が動いてしまう自分が、情けなくもあり頼もしくもあった。たとえ最低な気分だったとしても皆の夜飯は作らなければならない。

「ちょーちょー、可愛い静ちゃんがせっかく集合時間の一時間前から来てあげたっていうのに、その態度はないんじゃないのー？」

「はあ………」

今日の蒼馬会、ひよりん来てくれるかなあ………。

普通に考えたら来ないよなあ………。

ただのファンである俺がひよりんと仲良くさせてもらえていたのは、俺が変な態度を取らなかったからだと思うんだ。ファンと声優の垣根を越えようとしなかったというか。例えば「好きだ」って伝えるとか、気のある素振りを見せるとか。そういう事をしなかったから、ひよりんも安心して俺と遊んでくれていたんだと思う。

………でも、それももう終わり。俺はただのヘンタイになってしまった。

「終わりだ………」

「おい！！！」

「うわっ!?」

突然の声にびっくりして包丁を落としそうになる。焦って周りに目を向ければ、不機嫌そうに頬を膨らませた静がすぐ隣で仁王立ちしていた。いつ現れたんだこいつ。

「静……？　いつの間に」

「ず――――っと前からいましたけど？　なんならひとりで馬鹿みたいに騒いでましたけど!?」

「マジか。ごめん、気付かなかった」

「まあいいけどさ……どうしちゃったの？　元気ないね」

「あー………」

突如、強い衝動が俺を襲った。

今朝あった事を全部ぶちまけてしまえ――――そう心が叫ぶ。

きっと一人ではこの暗澹《あんたん》たる気持ちを抱えきれないと心が判断して、仲間を作ろうとしたんだろう。

けれど俺は、僅かに残った理性で何とか持ちこたえた。

だってよ………伝えろったってどう伝えろっていうんだよ。ひよりんに下ネタ言って嫌われちゃいましたーってか？

静にも軽蔑されて終わりだろ、そんなん。

「………別になんでもない。ちょっと大学でやらかしただけだ」

「そうなんだ。まあ元気だしなって、生きてりゃいいことあるよ？」

ぽんぽん、と静《しずか》が俺の肩を叩《たた》く。包丁持ってる時に触ってくるのは止《や》めてほしいが、気持ちは嬉《うれ》しかった。

「あ、ひよりさんからルインだ――えーっと……蒼馬くん、ひよりさん今日夜ご飯いらないって」

「うっ…………」

限界だった。

俺はなんとか包丁をまな板の上に放り出し、膝から崩れ落ちた。

「ちょ、ちょっと蒼馬くん!?　どうしたのさ!?」

「終わりだ…………」

「お腹《なか》!?　お腹痛いの!?　救急車呼んだ方がいい!?」

「いい…………どうせ俺は終わりなんだ…………」

静が必死に背中をさすってくる。

やめてくれ、俺にはそんな事をされる資格なんてないんだ…………。

「ひよりさんに嫌われたぁ!?」

「ああ……俺はどうしようもないクズ野郎なんだ……」

「お兄ちゃん、一体何をしてしまったの？」

紆余曲折《うよきょくせつ》あって何とか今晩の夕食をこさえた俺は、蒼馬会で静と真冬《まふゆ》ちゃんに今朝の事をかなりぼかして話した。

「詳しくは言えない……でも、決して言ってはいけない事を言ってしまったんだ…………」

今頃ひよりんは引っ越しの手続きを始めているかもしれない。静にも真冬ちゃんにも申し訳ない事をしてしまった。ひよりんは二人の友人でもあるっていうのに。

「うーん…………何を言ったかは分からないけど、ひよりさんが蒼馬くんを嫌いになるなんてことあるかなあ」

「お兄ちゃん、考えすぎなんじゃないの？」

「そんな事ないさ…………現に今日ひよりん来てないだろ……？　俺の顔が見たくないんだよ…………」

まさか『推し』に嫌われてしまうなんて。

これなら赤の他人だったあの頃の方がマシだった。名指しで嫌われるより、名も知らぬ只《ただ》のファンの方がいいに決まってる。穴があったら入るから誰か埋めてくれ。

対面に座る静がせわしなくスマホを操作している。もしかしてひよりんとやり取りをしているんだろうか。それを聞くことすら怖かった。

やがてスマホから顔をあげた静が、海老天《えびてん》を摑みながら真冬ちゃんに顔を向ける。今日のご飯は天ざるそば。暑かったからさっぱりしたものの方がいいと思ったんだ。

…………一人前、余ってしまったけど。

「…………なるほどねえ。真冬、あんたこの後暇よね？」

「何その言い方。別に暇じゃないけれど」

「うそよ。どーせソファに寝転んでネットでドラマでも観《み》るんでしょーが」

「喧嘩《けんか》売ってるの？」

「事実を言ったまでだから。とにかくこの後ちょっと付き合いなさい」

「……？　一体何なの」

真冬ちゃんが訝《いぶか》しげに静に目をやる。静は幸せそうに海老天を頬張りながら、何でもない事のように言った。

「――ひよりさんがね、三人で話したいんだって」

反射的に肩が震えた。ファンって推しの名前を聞くと心が締め付けられるものだったっけ。

……………こんなの辛《つら》すぎる。

◆

「蒼馬くんに身体を求められたですって!?」

「そうなの……私、どうしたらいいか分からなくなっちゃって」

「嘘《うそ》……信じられない……」

例によって真冬の家に集まった私たち。何故《なぜ》かまた、当たり前のように私だけ床に座らされているんだけどそんな事は今はどうでもいい。緊急を要する議題が今目の前にあった。

「え、ちょっ、どういうことなんですかそれ!?」

身体を……求められた……?

それって、つまり、そういうことなの……?

まさかの発言に頭がパンクして、思考が意味のない所をぐるぐる回っている。蒼馬《そうま》くんがひよりさんを押し倒すイメージがぐわーっと脳内に湧き出て来て、私はあわててそれを打ち消した。

「うん……あのね? 私、今朝蒼馬くんのお家に行ったの。仕事前にちょっとお話出来たらなって。そしたら……そしたら……蒼馬くんがいきなり……『脱げ』……って」

「きゃ————————!!!!」

「……嘘よ、そんなの……私が夜這《よば》いした時手を出してこなかったのに……私は信じない……」

「ちょっ、夜這い!? あんたも何やってんのよ!? いやそんなことよりそんなことより、ヌ、ぬぬぬ脱げって言われたんですか!?」

思わず前のめりになりながら問い詰める私に、ひよりさんは今朝のその衝撃発言を思い出したのか、顔を更に赤くして俯《うつむ》いた。

「びっくりしすぎて詳細は覚えてないんだけど、そんな感じの事を言われた気がするの……」

「そんな……蒼馬くん、最低だよ……」

蒼馬くん……いい人だと思ってたのに……蒼馬くんだけは違うと思ってたのに……！

「結局蒼馬くんも胸で人を判断するんだあぁぁああっ！　うわあぁぁあああああん！！！」

「静ちゃん!?　どうしちゃったの!?」

「ふっ、貧乳は辛いわね」

「うっさい！　あんただって見向きもされなかったんでしょうが！」

「くっ………………」

ひよりさんの胸と自分の胸とを見比べる。そこには富士山と浜辺に作った砂の山くらいの差があるのだった。しかも二回くらい波にさらわれた砂山だ。

「ちくしょお……神よ……どうして私にばかりこのような惨《むご》い仕打ちを………」

私は現実に耐えられず、床に突っ伏した。図らずも乳神であるひよりさんにひれ伏すような構図になってしまい、それも私の惨めさを加速させた。

乳なのか、この世は結局乳なのか!?

「…………豊胸手術って、幾らかかるのかしら」

絶望に打ちひしがれながら頭を起こすと、真冬がスマホを操作していた。もう豊胸手術の決心を固めたというの？

「まふゆや……分かったら私にも教えておくれ……」

きっと私は真冬の二倍くらいお金がかかるんだろうな……真冬は別に小さい方じゃないもん……私と違ってさ……。

「ふたりとも早まらないで……！　ふたりには、ふたりの良さがあると思うのっ」

「小さい事の良さってなんだよぉ………まな板代わりに料理に使えますってかあ…………？」

「私はまあ、普通くらいはあるから。まな板には使えそうにないけれど」

真冬が自分の胸に手を添えて持ち上げた。そこにははっきりと分かるレベルで乗っているのだった。脂肪が。たぷんたぷんと。

「誰がまな板じゃ！」

「自分で言ったんじゃない」

真冬の真似《まね》をしてみても、すっ……と手が胸を通り過ぎるだけ。あれれ、今何かあったかな？

おかしいなあ。おかしいよね？

「はーあ、私の胸………一体どこに落としちゃったんだろ。交番に届いてたりしないかなあ」

「静、現実を見て。逃げても胸は大きくならないわ。揉《も》むと大きくなるって聞いた事あるけれど」

「まずその揉む胸がないんだよ……貧の者の気持ちはお上には分からないんだ………」

なんとでもなれーという気持ちになり、私は両腕を放り出し仰向《あおむ》けに寝転んだ。自分の家では床に寝転ぶなんて出来ないから、何だか新鮮な気持ちだ。

「お、落ち込まないで静ちゃん！　ほら、蒼馬くんがそんな胸だけで判断する人な訳ないじゃない」

「それは………そうかもしれないけど」

でもさ、大きい方がいいに決まってるよね。男の人ってそうだもん。

「ところで、ひよりさんはお兄ちゃんの事嫌いになったんですか？」

「へ………？　嫌い？　どうして？」

真冬がやっと本題に入った。私は起き上がる気になれず、真っ白な天井をぼーっと眺めながら聞くことにした。

「さっきお兄ちゃんが気にしてたんです。ひよりさんに嫌われちゃったって」

「え――全然そんなことないよ!?　夜ご飯だって、ちょっと顔を合わせるのが恥ずかしかったから断っただけで、嫌いになったなんてことは全然っ」

「そうですか」

「うん……身体《からだ》を求められたことだって、その………嫌じゃ、なかったし……」

「ちっ」

私は耐えきれず舌打ちをした。全国の巨乳よ、滅びろ。

「それなら誤解を解いた方がいいんじゃないですか？　お蕎麦《そば》、ひよりさんの分も用意してたみたいですよ」

「う、うん。ごめんね、私ちょっと行ってくるね！」

言うや否やひよりさんはリビングから出て行った。寝転んでいた私は、それを床を伝わってくる振動で感じた。

部屋には、私と真冬だけが残された。

「…………真冬、やけに優しいじゃん。蒼馬くんとひよりさんがくっついてもいいの？」

「嫌だけど。お兄ちゃんが悲しそうにしてるのを見るのはもっと嫌だから。今回だけは特別」

「ふーん……あんた、本当に蒼馬くんの事が好きなんだね」

「何年好きだと思ってるの？　二人とは年季が違うのよ。ほら、用も済んだんだから床に転がってないで帰って」

「ほーい」

…………同じ人を想《おも》っているからなのかな。

私たちの恋がどうなろうと、真冬とはずっと友達で居られるような気がした。

◆

「はあ………」

何度目か分からない溜息《ためいき》を部屋に放つ。もう、部屋の空気が全部俺の溜息に置き換わってしまったんじゃないかとすら思ったが、質の変化は感じられなかった。当たり前だ、溜息も空気なんだから。

「………何話してんのかな」

今頃、どこかで静《しずか》と真冬ちゃんがひよりんと話しているはずだ。静の部屋は論外として、ひよりんの部屋もしばしばお酒で溢《あふ》れかえっているから、真冬ちゃんの部屋だろうか。真冬ちゃんの部屋はイメージ通りというか、とてもシンプルで、悪く言えば閑散としている。よく言えば機能美を追求した結果とも言えるその部屋で、ひよりんが口を開く。

「……実は、お別れの挨拶をしにきたの」

普段のおっとりした表情は鳴りを潜め、強張《こわば》った顔つきのひよりんに、真冬ちゃんと静が泣きながら抱き着く。そんなイメージが容易に想像出来た。それは頭を振っても消えてはくれず、情けない事に少し目が潤んだ。

「消えてしまいたい………」

三人分の食器を洗いながら、そんな言葉ばかり口から出てくる。流しに吸い込まれていく泡と違い、消えていくことすら叶《かな》わない。俺が人魚姫だったら消えられたのかな。柄にもなくそんなことすら頭をよぎった。

洗い物はいつもより早く終わった。一人分、いつもより少ないからだ。あらゆることが今の俺には辛かった。目に映るどこかに、常にひよりんを連想させる何かがあった。

「……寝よう」

起きている事すら辛かった。現実は変わらないけど、それならもう寝てしまいたかった。

そう思い寝室に足を向けたその時――――。

「……ん？」

玄関の方から物音がした。静か真冬《まふゆ》ちゃんが忘れものでもしたのかな？　そう思ってリビングに通じるドアに目を向ける。けれど、現れたのはそのどちらでもなかった。

「ひより……さん……？」

「こ、こんばんは………」

今朝のままの、清楚《せいそ》なワンピース姿のひよりんが、ドアノブに手を掛け遠慮がちに立っていた。

「どうして………？」

決して現れることのないはずの人物の登場に俺の思考はショートした。

ひよりんは俺の事を軽蔑していて、だからうちに来るはずがないんだ。まだ静か真冬ちゃんが変装している方が可能性としてあり得るくらいだが、あのふたりがひよりんに変装する事は不可能だ。真冬ちゃんはひよりんより背が高いし、静はちんちくりんだから。

なにより俺がひよりんの声を聴き間違えるわけがない。目の前の女性が発した声は間違いなくひよりんのものだった。

だからつまり、今目の前で起きている現象は、何故かは分からないがひよりんが家に来たのだと、そういうことになる。

「あはは……えっと……今日はごめんね……？　あの、私……蒼馬くんのこと、嫌いじゃないよ……？」

嫌いじゃ……ない……？

……どうして？

俺は、決して言ってはならない事を言ったのに。

「さっき二人から、蒼馬くんが私に嫌われたって悲しんでるって聞いたの。だから……誤解を解きたくて。私、蒼馬くんの事……嫌いじゃないよ……？」

「……まじ……っすか」

「………うん」

嬉《うれ》しかった。ひよりんに嫌われていないという事実は、なにより嬉しかった。けれど気になることがあった。

それならどうして、ひよりんは俺の方を見てくれないんだろう。どうして、リビングに入ってこないんだろう。ドアノブを握りしめて、そっぽを向きながら立ち尽くしているんだろう。

「ひよりさん――」

「え、えっとね！　け、今朝の事なんだけど……！」

ひよりんは声を裏返しながら叫ぶ。

「えっと、あの……今すぐは、ちょっと無理というか………心の準備も全然出来てないといいますか……そういうのはもうちょっと段階を踏んでからがいいと思ったりもしますし……ごめんね、私年上なのに………」

「………ん？」

心の準備？

……一体何のことだ？

「ひよりさん、一体何を………」

「あのっ、だから………そ、添い寝の事はもうちょっと待ってほしいの！」

「添い寝!?　ちょっ、ひよりさん一体何言ってるんですか!?」

ひよりんが訳の分からない事を言い出し、俺は口から唾を飛ばす勢いで焦った。

まさかこの人……今朝の事を真に受けてたのか!?

「ふえっ………？　今朝、私に添い寝してほしいって言ってなかった………？」

「全然言ってないですよ！　いや言ってたかもしれないですけど、あれは本当に冗談というか、全然思ってもないことが口から出ただけなんです！」

「へ………？　あ……そ、そうだったんだあ……！　ご、ごめんなさい私、なんだか勘違いしちゃってたみたいで………！」

ひよりんは顔を林檎《りんご》みたいに赤く染めた。多分俺も人の事を言えない感じになっている。

「え、じゃあ今日晩御飯いらないって言ってたのは、本当に軽蔑された訳じゃなくて……？」

「うん……顔を合わせるのが恥ずかしくて……どうしていいか分からなくなっちゃって」

胸につっかえていた鉛のような重い物が、すっと溶けて消えていく。

「はあ――……そういう事だったのか……良かった……」

つまりひよりんは俺の事が嫌いになった訳じゃなくて、添い寝しろと本気で言われたと思い込んで、恥ずかしかっただけってことか。

「ごめんなさい、ほっとして言葉が出ないです……そういえばひよりさん、夜ご飯は食べたんですか？」

メンタルがぐちゃぐちゃになっていて、何か手を動かせることがあった方が個人的に楽だった。

「ううん……何も考えてなかったから……」

「それじゃあ……お蕎麦食べます？」

「えっと……うん。食べたい」

「了解です。すぐ出来るんで座って待っててください」

キッチンに歩き出すと、すぐ後ろでひよりんがテーブルに着く音が聞こえた。なんだか涙が出そうだった。失ったと思っていた日常が戻ってきたんだ。

一章　支倉ひよりとダイエット

最近困っていることがある。

「ひよりん、どうしたの？　難しい顔しちゃってさ」

ルインのとあるメッセージを眺めていると、声を掛けられる。顔を上げると、ザニマスで同じユニットを組んでいる声優の遠藤玲奈《えんどうれな》——通称玲奈ちが心配そうな表情で私を見守っていた。

「れなち。ううん、何でもないんだ」

私はルインを閉じ、スマホを鞄《かばん》にしまった。

もうすぐ木曜二十時。ザニマス生放送の時間だった。そろそろ準備をしなくちゃいけない。

「なになに、もしかして彼氏？」

同じくユニットメンバーの富士見《ふじみ》あきな——通称あーちゃんが後ろから私の顔を覗《のぞ》き込んでくる。ライブではいつも力強く私たちを引っ張ってくれるあーちゃんは、オフでもテンションが高い。太陽のような子だ。

「ちょっとあーちゃん、全然そういうのじゃないからね？」

確かに私が見ていたのは男の子からのメッセージではあったけれど、彼氏とかじゃないんだから。

「ほんとぉ？　ねぇひよりん気付いてた？　最近スマホ見ながら微笑《ほほえ》んでる時多いからね？」

「あ、それは私も思ってた」

「え、嘘《うそ》でしょ……？」

「ほんとほんと。幸せそ～な顔しちゃってさ、私はてっきり彼氏でも出来たのかと思ってたけど」

私、そんな笑ってたんだ……自分じゃ全然気が付かなかった。これから気をつけないと。

「本当に彼氏とかじゃないの。ただ、ちょっと悩みがあって………」

「悩み？」

「どした？　話聞こか？」

私はちら、と鞄の中のスマホに視線を落とす。さっきまで見ていたメッセージが、まさに悩みのタネだった。写真付きのメッセージにはこう書かれていた。

『今日のご飯はこんな感じです。食べるなら取っておきますけど、どうします？』

「あのね………私、最近太った気がするの」

◆

ザニマス生放送を終え帰ってきたひよりんにご飯を振る舞い、晩酌に付き合っていた時の出来事だった。

「ねえ、どうかな？　やっぱり太ったかな……？」

「いや、そんなこと聞かれても……」

俺の手は何故《なぜ》かひよりんの腰に添えられていた。薄いルームウェア越しの柔らかい感触が手の中に広がって、正直大変よろしくない。

「お願い、正直に教えて？」

ひよりんは切実な表情で俺の手を自らの腰に押し付け続ける。頬が赤く染まっていて、酔っているのが見て取れた。流石《さすが》にシラフでこんなことはしてこないよな。されたら俺の理性が終わってしまう。

「正直に教えてと言われても……元々の細さも分かりませんし」

ライブではへそ出しの衣装が基本のひよりんだけど、腰の細さがどれくらいかと言われるとパッと出てこない。お恥ずかしながらライブ中は顔や胸、脚を見てしまってるからな
…………。

「うーん、でも太ってないと思いますよ。全然細いですって」

「絶対ウソ。蒼馬《そうま》くん私に気を遣ってるでしょ？　ほら、ちゃんと見て！」

ひよりんは我慢ならない、というようにルームウェアを胸の下まで捲《まく》りあげる。俺は咄《とっ》嗟《さ》に目を逸《そ》らすも、視界の端で肌色の残像が目に焼き付いていた。いきなり何てことをし始めるんだ!?

「ねえ、やっぱり太ってるわよね……？　目を逸らさないでちゃんと見て？」

ぎゅっと両手を握られ、逃げ場を失った俺は恐る恐る眼球をひよりんの方に寄せた。ゆっくりと視界における肌色の専有面積が大きくなっていく。

俺は必死にセミの裏側を想像しながら、ひよりんのお腹《なか》に焦点を合わせた。これは酔ってくっついてくるひよりんに欲情しない為《ため》に編み出した、俺の最終防衛方法だった。気持ち悪いものを想像することで心を落ち着けるという高等技術なのだが、正直役に立った例《ためし》はない。

まるで肌色の雪原とでも呼んだらいいのか、ひよりんのお腹はとても綺麗《きれい》で、俺は吸い寄せられるように目を離せなくなる。セミの裏側は完全にどこかに飛んでいってしまっていた。僅かにくびれた腰には健康的な程度に肉が付いていて……真冬《まふゆ》ちゃんの肉体美が極限まで無駄を絞った人工的な美しさだとするなら、ひよりんのそれは極めて自然な美しさだった。

「どうかな………？　ことか贅肉《ぜいにく》が付いちゃってると思うんだけど」

「いっ!?」

「っ!?」

ひよりんは握っていた俺の手を、そっと腰に添えた。ふにゃ、と柔らかい感触が指に吸い付き、俺の頭の中では火山が勢いよく噴火した。身体《からだ》中の毛穴から汗が吹き出す。誰でもいい、今すぐ俺を冷やしてくれ。

「うう……やっぱり太ってるよね……」

難しい顔で自らの衝動に耐えている俺の様子を勘違いしたのか、ひよりんはやっぱりという表情で肩を落とした。パッと手を解放された俺は、衝動的に二、三歩距離を取る。自分が何をしてしまうのか自分でも分からなかった。

「はぁ……はぁ……」

血液が物凄《ものすご》い速度で身体中を駆け巡っていた。正直頭がおかしくなりそうだった。こんなことをされては、そう遠くない未来に俺は何かをしでかしてしまう気がした。自分がどれだけ魅力的なのか、ひよりんは分かっていないんだ。

「自分でもヤバいかな～とは思ってたんだけどね……蒼馬くんのご飯が美味《おい》しすぎて……止まらないのよ……」

ひよりんは椅子に座ると、俺が作ったおつまみのポテトサラダに箸を伸ばす。そしてグラスいっぱいのビールで流し込むと幸せそうな表情を浮かべた。太っているのを気にしている人の行動ではないが、今のひよりんの言葉が胸に響いてツッコむことが出来なかった。

俺のご飯が美味しすぎて……か。

「……ひよりさん、気にせず食べてください。全然太ってませんから」

身体を支配していた熱はいつの間にかすっかり引いていた。何度言われても、ご飯が美味しいと言われるのは嬉《うれ》しいな。

ひよりんは俺の言葉を聞いて、安堵《あんど》の言葉を漏らす。

「良かったあ……ライブもあるから、太ってたらどうしようと思っちゃった……」

「ライブ……？」

ザニマスのライブ情報はまだ出てないはず。他のコンテンツのライブがあるのか……？

◆

この前の「ひよりん太ったかも騒動」があってからというもの、俺は夕食のメニューの在り方を考え始めていた。

今までは基本的にスーパーのチラシを元に安く作れるものの中から、自分が食べたいものや誰かのリクエストを聞いていた。だから栄養バランスというものがどうしても蔑《ないがし》ろになっていたんだ。勿論《もちろん》副菜や汁物である程度はカバーしていたものの、サプリの様に欲しい栄養素だけ補えるわけではない。不足分を補う過程で過剰な栄養素が出ていたんだ。

具体的には脂質や炭水化物。太るのは大体こいつらが原因だ。

「もう少し考えるべきだったな………」

これからはヘルシーなメニューを心がけていく。だが、ヘルシーな食材というのは得てして値が張るのも事実。完全栄養食や健康に気を遣った冷凍宅配食の広告を毎日のように目にするくらい昨今の健康志向ブームは凄いし、需要が高まっているんだろう。

「となれば…………」

俺はスーパーのチラシをテーブルに広げ、目を皿のようにする。この中からお宝を探し出さないといけない。健康に気を遣っているから、という理由でメニューのクオリティが下がるようなことがあればきっと皆黙ってないだろうしな。試しに静《しずか》に聞いてみるか。

『今日から夜飯ブロッコリーと鶏肉《とりにく》だけって言ったらどうする？』

返事はすぐにきた。

『普通に暴れるかな。あと今日麻婆《マーボー》豆腐の気分』

『考えとく』

麻婆豆腐か……また太りそうなものを。

豆腐を使ってるから一見そこまで太りそうに思えないかもしれないが、麻婆豆腐は油を沢山使うし、肉だって入っている。その癖野菜を全く摂《と》れない為、ダイエットには全く向いていない。プラスで白米だって食べるだろうしな。

本気でダイエットするならそもそも白米を食べるべきではないんだが、俺が目指しているのはあくまで「健康を維持できる程度」の食事。ひき肉の脂だけで炒《いた》めるなど気を遣えば麻婆豆腐でも問題はないものの、決行初日くらいガッツリヘルシーメニューでいきたい気持ちもある。

「…………お」

チラシの中に光り輝く財宝を見つけ、俺は内心ガッツポーズする。

今日のメニューはコイツに決まりだな。

「蒼馬くん。私は麻婆豆腐をリクエストしたはずだよ」

食卓に並んだメニューを見た静がしかめっ面で不満を口にする。真冬ちゃんとひよりんはいつもと変わらない様子で俺たちの会話が終わるのを待っていた。

……メニュー変更の理由を正直に言うとひよりんが気にする可能性があるな。適当に理由をでっち上げるか。

「スーパーに行ったら豆腐が一丁一億円になってたんだよ。まあいいから食べてみろって」

俺が見つけた財宝メニュー…………それはダイエットの王様サラダチキンだった。

サラダチキンを一口大にスライスし、醤油《しょうゆ》とニラをベースにした特製ダレを盛り付ければ…………あっという間に和風サラダチキンステーキ風の完成だ。試食してみたけどかなりイケた。多分静も好きになってくれるはず。

静は俺の明らかな嘘をスルーしつつサラダチキンに箸を伸ばす。

「────っ!?」

静はびっくりした表情でサラダチキンをもう一切れ摑《つか》むと、白米と一緒にかきこんだ。

いつ見ても食べっぷりのいい奴《やつ》だ。

「蒼馬くん！　これめっちゃ美味しい！」

「私も好きだな。ヘルシーだし」

「お酒のおつまみにも良さそうねえ」

サラダチキンステーキ風は全員に好評なようでホッと胸を撫《な》で下ろす。あれから急いでニラを仕込んだ甲斐《かい》があったな。

「このニラのシャキシャキ感がたまらないわねえ」

ひよりんは頬に手を当てながら、うっとりとした表情を浮かべた。そして洗練された動きでグラスに手を伸ばし、小麦色のビールがごくごくと口の奥に消えていく。

……………太る原因、あれじゃないか？

話題に出したいが、皆の前でする話でもない。俺は蒼馬会が終わるまで待つことにした。どうせこの後ひよりんと二次会をするだろうしな。

「ひよりさん、暫《しばら》くの間ビール禁止です」

「そ、そんな………」

この世の終わりみたいな表情になったひよりんは、その手から空になったグラスをテーブルに落とした。

「ひよりさん痩せたいんですよね？　ビールなんか飲んでたら痩せられないですよ」

「うぐっ」

ひよりんも内心は分かっていたのか、呻《うめ》きながらテーブルに突っ伏した。倒れたグラスを元に戻しながら続ける。

「日本酒も良くないですね。飲むなら焼酎かウイスキーにしてください」

本当は健康の為にも酒量自体を減らしてほしいんだが、いきなりあれもこれも、では続かないだろう。継続のコツは「出来ることからコツコツと」だ。

「やっぱりこのままじゃダメよね……私、もう若くないし………」

「それは、まだまだ若者だと思いますけど」

ひよりんの年齢はプロフィールによると二十六歳。確かに蒼馬会の他のメンバーと比べたら歳《とし》が離れているが、一般的にはどこからどう見ても若者だろう。

「どうせ私なんて……もうおばさんなのよ……」

お酒が悪い所を刺激しているのか、今日のひよりんはネガティブモードだった。テーブルにおでこをつけたまま、ぶつぶつと何かを呟《つぶや》いている。

「……そもそも俺は、別にひよりさんは太ってないと思いますけどね。寧《むし》ろいい感じっていうか……」

元気付ける為に褒めようと思ったんだが、ちょっと変な言い方になってしまった。俺も俺で少し酔っている。

「………ホント？」

ひよりんはずぞぞ、と顔をズラして俺の表情を探ってくる。何故《なぜ》かその目は赤く腫れていた。泣いていたのか……？

「ま、まあ……俺、写真集も買いましたし……」

「――――ッ!?」

ひよりんは思い切り仰《の》け反《ぞ》ると、お酒で赤くなった頬をさらに赤くする。椅子から崩れ落ちるように降りると、両手で顔を押さえてうずくまってしまった。

「……嘘《うそ》でしょぉ……恥ずかしいよぉ……」

「どっ、どこが恥ずかしいんですか！　めちゃくちゃ綺麗でしたって！」

ひよりんの奇行に俺まで焦ってしまい、また変なことを言ってしまった気がする。

因《ちな》みに俺はひよりんの写真集を「お隣さんになった以上、見たらヤバい」と封印していたんだが、この前我慢出来ず見てしまっていた。「お忍び旅行」がコンセプトのその写真集には、海外のビーチではしゃぐ水着姿のひよりんや、宿のベッドでリラックスする薄着のひよりん、現地の食べ物を笑顔で頬張るひよりん等々の姿が沢山収められていて、一言で言えば大変やらしい……間違えた、よろしい写真集だった。

「止《や》めてえええ言わないでえええええ………」

フローリングの床にうずくまっていたひよりんは、叫びながら膝を抱えごろんと横に転がった。体育座りをしていたら横から押されたような感じの姿勢だったが、丁度俺にお尻を向ける角度で転がった為、俺は咄嗟に目を逸らした。いくら何でも無防備過ぎる。

「あれは違うんだもん………マネージャーさんとかがテンション上がっちゃって思ったより過激になっちゃっただけだもん……私はそんなつもりじゃなかったんだもん………」

酒を飲んだひよりんは基本的に面倒なことになるんだが、今日のひよりんは一層輪をかけて出来上がっていた。ここまでおかしくなることはそうないんだが………。

ひよりんは亀のようにスポッと頭をルームウェアの中に収納すると、一際トーンダウンして呟く。

「………でもね……もうあの頃の私はいないのよ………はぁ……贅肉《ぜいにく》退散……贅肉退散……」

「………」

丸まってしまったひよりんに対し、俺は切れる手札が何一つなかった。ただ、何となく慰めたほうがいい雰囲気が出ている気がした。直感を信じてひよりんの傍《そば》に寄る。

「大丈夫ですよ、きっとすぐ元に戻りますから。俺と一緒にダイエット頑張りましょう?」

「……一緒にやってくれるの……?」

「勿論です。俺はひよりん推しですから。推しが困っている時は力になりたいんです」

「……ぐずっ……ありがとう蒼馬《そうま》くん………」

「気にしないでください。とりあえず……今日はもう寝ましょっか?」

「……うん」

「じゃあ……運びますね?」

俺は腰に力を入れ、丸まったひよりんを持ち上げる。持つ所を選べなかったので色々ともちすべな部分が当たっている気がするが、今は思考から取り除く。これを気にしていたらひよりんの晩酌相手は務まらないんだ。

合鍵を使い家にお邪魔し、慣れた足取りで寝室に辿《たど》り着く。ベッドの上にひよりんを乗せると、体育座りフォームのひよりんはごろんと転がって壁で止まった。

「寝る前にちゃんと歯磨きはしてくださいね。じゃあ……お休みなさい」

「おやすみ………」

後ろ手に寝室のドアを閉め、俺は深い溜息《ためいき》をつく。いつもこのタイミングで、色々な感触が実感を伴って襲いかかってくるんだよな。二十歳の男には色々と辛《つら》いものがある。

「………優しすぎるよ……蒼馬くん……」

ドアの向こうから何かが聞こえた気がした。寝言だろうか。

◆

もういっそ、酔って忘れられれば良かった。

けれど──昨日のビールは私から記憶を奪うには足りなかったようで。

目を覚ましても、私は昨日の痴態をはっきりと覚えていた。床に転がった時に頬で感じたフローリングの冷たさが、今もはっきりと思い出せる。

「………どうしてあんなことしちゃったかなあ……」

布団の中に顔を埋《うず》めて自己嫌悪。でももうこれ何回目？

蒼馬くんにどれだけ迷惑をかければ気が済むの。昨日のメニューだって、きっと私に気を遣ってくれたんだと思う。彼の優しさに甘えてばかりじゃ、いつか絶対嫌われる。その未来はきっとそう遠くない。

『俺はひよりん推しですから。推しが困っている時は力になりたいんです』

――そう言ってくれているうちが華。明日から、じゃない。今日から変わらなきゃ。

「…………よし！」

私はベッドから起き上がると、冷蔵庫の中からビールを全部取り出した。

蒼馬くんと静ちゃん、ビール飲むかな？

◆

「はーい、今開けますよっと……え、ひよりさん？」

朝食の準備をしていると、合鍵での侵入が横行している我が家では珍しいインターホンが鳴った。ドアを開けるとひよりんがよろよろと段ボールを持って立っていた。慌てて受け取り話を聞くと、どうやら中身はビールらしい。暫くビールは封印するとのこと。

「それと……昨日はごめんなさい。昨日はっていうか昨日もっていうか……」

「気にしないでください。『推し』と飲めるのは俺も楽しいので。それに……もう慣れましたから」

「は、はは……」

ひよりんは顔を引き攣《つ》らせて乾いた笑い声を漏らす。引き攣っていても可愛《かわい》いんだから美人って凄《すご》いなと思う。シラフのまともなひよりんと喋《しゃべ》ってると実感するが、相変わらず宝石のような顔してるんだよな……。

「じゃあビールはありがたく頂きますね」

とりあえずひよりんが前向きになってくれたようでホッとしたな。昨日の感じを引き摺《ず》ってたらどうしようかと思ってたんだ。

ドアから手を離し段ボールを廊下に置く。鍵を閉めようと振り向くと、ひよりんはドアを手で押さえて立っていた。まだ何か用があるんだろうか。

「どうしたんですか？」

「えっと、ちょっとお願いがあって……」

「お願い？　何でしょう」

『推し』からのお願いを断る選択肢は基本的にない。

「…………昨日、一緒にダイエット頑張るって言ってくれたじゃない……？　一人だとサボっちゃうかもしれないから、一緒に出来たらなあ、なんて思うんだけど……」

「ダイエットですか？　いいですけど……何するんですか？」

「まだ決まってはないんだけどね？　朝のランニングとか、あとはリンギュフィットとかやろうかなって思ってるの」

リンギュフィットというのは最近流行《はや》っているフィットネスゲームだ。確かエッテ様も配信でやっていたことがあったっけ。あれは確か一人用だから手伝えないがランニングならお供出来そうだな。朝のランニングはすっきり目が覚めそうだし、俺にもいい効果がありそうだ。

「勿論《もちろん》お手伝いさせてください。ただ、俺ランニングウェアとか持ってないんですよね。今度買いに行くので一緒にやるのはそれからでもいいですか？」

俺の言葉に、ひよりんはぱぁっと表情を綻ばせた。

「あ、丁度私も買いに行こうと思ってたの。良かったら…………一緒に買いに行かない？」

「あ、じゃあお願いします」

深く考えず俺は頷《うなず》いた。ひよりんにお願いされたら首が縦に振られるよう遺伝子レベルで仕組まれているのかも。

「ええ。今週の土曜日って空いてるかしら？」

「その日は空いてます。大丈夫です」

「良かった。それじゃあ土曜日…………よろしくね？」

去り際に華のような笑顔を残して、ひよりんはドアの向こうに消えていった。一人になり、思う。

「………え、これ………デートでは!?」

『推し』の声優と二人で出掛けるだと………!?

「マジか……」

……ヤバい、緊張で吐きそうになってきた。

◆

「……ほう……これは……」

そんな二人を見つめる存在がいた。そう、私だ。

コンビニに行こうとドアを開けたら、蒼馬くんとひよりさんが喋ってたから咄嗟《とっさ》に玄関に隠れてしまった。でも気になるからちょっとだけドアを開けて隙間から観察すると、どうやら二人は土曜日に出かける話をしているみたいだった。

「これはまあ……尾行っきゃないよね」

ポケットからスマホを引っこ抜き、ルインを起動。蒼馬会のルームからとある名前を探して個人メッセージを送る。

「真冬《まふゆ》、アンタ土曜日ちょっと付き合いなさい。あと早く友達希望承認して」

毎回ルームから個人ページに飛ぶ私の手間もちょっとは考えてよね。

規則正しさが服を着て歩いてるような存在の真冬は既に起きていたみたいで（因みに私

は今から寝るところだ）、すぐに既読が付いた。ポコッと音を立てて返信がくる。

「誰？」

はっ倒すぞ。

◆

可愛いですね。綺麗《きれい》ですね。似合っていると思います。お洒落《しやれ》ですね。

玄関先に立つひよりんを見た瞬間、色々な言葉が頭の中を駆け巡る。何か言わなければ
——そんな衝動が心の奥底から俺を突き動かす。けれど、口をついて出たのは結局この言葉。ここで何かを言えるようなら俺はリア充というやつになっている。

「ひよりさん、おはようございます」

「おはよう、蒼馬くん。お出かけ日和ねえ？」

カットソーにロングスカート。足元は涼し気かつ女性らしさの際立つサンダルという出で立《いでた》ちのひよりんは、そう言って俺に微笑《ほほえ》んだ。それだけで心臓がドクンと大きく脈打つ。

俺は今からこの人と出かけるんだよな……。

私服姿のひよりんは毎日見ているのに、今日特別お洒落しているという訳ではないのに、「これから一緒に出かけるんだ」と思うだけで普段着が高級なドレスに見えてしまう。人間の脳の如何《いか》に適当なことか。

「そうですね。晴れて良かったです」

「よし、じゃあいこっか」

ひよりんは頭に載せていた大きなサングラスを目元に落とす。それだけで、無機質なマンションのエントランスが真夏のビーチに早変わりしたような錯覚に陥った。写真集にサングラスで浜辺を歩くカットがあったからだろうか。人間の脳の如何に適当なことか。

「ひよりさん、サングラスするんですね。なんか意外でした」

「あはは……普段はしないのよ？　でも今日は蒼馬くんと歩くから……一応、ね？」

「──あ」

言われて、ハッとする。

「えっと……もしかして、マズいですか？」

ひよりんは押しも押されもせぬ人気急上昇中のアイドル声優だ。もし俺と歩いている所を週刊誌なんかに撮られたら……きっと大変なことになる。ひよりんの活動に支障が出てしまうかもしれない。

しかし俺の不安を余所《よそ》に、ひよりんはケロッとした表情で首を傾《かし》げた。

「マズい？　何がかしら？」

「俺と一緒に出かけることです。撮られたりしたら大変なことになりますよね……？」

「うーん、そうねえ……」

ひよりんはエレベータに向かって歩き出す。俺は慌ててその背中を追った。ひよりんはエレベータのボタンを押すと、ピッとサングラスの縁を両手でつまんで俺に向き直った。

「…………別に構わないんじゃないかしら。ほら、私だって分からないでしょう？」

分かりますよ、推しですから——そう言いたい所だったが、今は俺の気持ちをアピールする時じゃない。フラットな気持ちで見れば、確かにひよりんだとは分からない気がした。

「確かにそうかもしれないですけど…………」

だが、万が一を考えれば「よっしゃあこれで気兼ねなくひよりんとお出掛けだぜ！」という気持ちにもなれないのだった。週刊誌にすっぱ抜かれる人たちは皆「私なんて撮られる訳ない」と思っているだろうから。

「————ッ!?」

ひんやりとした手の感触に、嫌な想像が吹き飛んでいく。

「細かいことはいいの。そんなこと気にしていたら、私、何にも出来ないもの。今日は楽しみましょう？」

ひよりんが…………俺の手を握っていた。信じられないくらい急激に、身体《からだ》が熱くなっていく。待て待て、これは現実なのか？

今のひよりんは酔っ払っている訳じゃない。いつもの酒乱モードじゃない。『シラフ』のひよりんが、自分の意思で俺の手を握っていた。

「えっ、ちょっ――!?」

「よーし、出発！」

理解不能な現実を前に思考が全くまとまらない。

俺はひよりんに引っ張られるように、丁度やってきたエレベータに転がり込んだ。

◆

『……ザ、ザザー……こちらエージェントアールエス。エージェントエムエム、応答されたし。繰り返す……こちらエージェントアールエス。エージェントエムエム、応答されたし』

『何よエージェントエムエムって。あとザザーって完全に口で言ってるじゃない』

『トランシーバーはザザーって鳴るものなの。それより準備は出来てるの？』

『とっくに。そっちは？』

『私もだいじょぶ。今チラッてドア開けて見てるけど、そろそろ行くみたい――あっ!!』

『静《しずか》、大きい声出さないで』

『静じゃなくてエージェントアールエス！　それより真冬、ひよりさんがとんでもない！』

『私はエージェントエムエムなんじゃなかったの？　それでひよりさんがどうしたって？』

『あのね、あのね………ひよりさんが蒼馬《そうま》くんの手を思いっきり握ってた！』

『なッ────!?』

『こんなのアリぃ!?　真冬、追うわよ！』

ルイン通話を切ってエントランスに出ると、同じタイミングで真冬が現れた。その顔はまさに顔面蒼白《そうはく》、生気が全く感じられない。

「許せない………お兄ちゃんの手は私専用なのに…………！」

「わ、私も握りたいんだけど………？」

おずおずと手を挙げる私に、真冬は刃物のような視線を突き刺してきた。いや実際に何か刺さった気がする。なんか胃が痛いもん。

「何か言った？」

「ヒィ……ナンデモナイデス……」

この子、年下だよね…………？

何なのこの迫力は………。

◆

ひよりんに手を引かれ百貨店の中に入ると、心地よく冷やされた空気が身体の熱気をさっと流していく。初夏と言っていいのか梅雨の終わりと言っていいのか微妙なこの季節の太陽は既に殺人的な熱光線を地表に照射していて、ただでさえオーバーヒート寸前だった俺の頭は完全に機能を停止していた。

「あぁ……涼しいわねえ。生き返るわあ」

「そうですね………」

電車に乗り数駅移動したはずだが、道中の記憶が全くと言っていい程ない。推しと手を繋《つな》いで外を歩くと人は記憶が飛ぶんだな。本当に物凄《ものすご》い体験をしてしまった。

休日の昼ということもあって百貨店は人が多く、そんな訳もないのにその全員が俺たちに注目しているという錯覚に陥ってしまう。この中の誰かがひよりんに気が付いているんじゃないか。そう思うと手を繋いでいることが急に怖くなった。

怖いし、全身がむず痒《がゆ》いし、心臓は壊れそうだし。

ひよりんとこれ以上手を繋いでいると、どうやら俺の身体が保《も》ちそうにない。『推し』とは用法用量を守って正しい付き合い方をしなければ人体に影響を及ぼす劇薬だった。

「お、俺……ちょっとお手洗い行ってきますね！」

俺はすっと手を解《ほど》いて、逃げるようにお手洗いに駆け込んだ。鏡の前で自分の顔を確認すると、そこには明らかに疲労が溜《た》まっている俺がいた。顔には疲れが見えているのに、口元だけが不自然なくらいつり上がっている。まるで不恰好《ぶかっこう》なピエロだ。俺、こんなににやけ面してたのか？

「ふぅ～………」

ひよりんと…………デートか…………。

いや、デートじゃないのかもしれないけど。男女が二人で出かける事は必ずしもデートじゃないのかもしれないけど。でも、手を繋いでたらそれは確実にデートだろう。

ひよりんとデート…………なんだよな…………。

「あー……緊張するな…………」

ひよりんとは色々あったし、全然緊張しないんじゃないかと思ってた。

抱っこしたこともある。胸や太腿《ふともも》を押し付けられた事もある。寝顔を見た事だってある。

それなのに――――一緒に出かけるだけでこんなに緊張するなんて。

思えば、酔ったひよりんとは毎日のように話すけど、シラフのひよりんとはそこまで交流がない。どんだけ飲んでるんだあの人、という話ではあるが、とにかく俺がここ数年追いかけていたキラキラしたひよりんとはまだ全然仲を深められていない。

「頭おかしくなって変なことだけは言わないようにしないとな…………」

大きく深呼吸をして、俺はひよりんのもとへ戻った。

◆

「蒸し蒸ししすぎて蒸しパンになっちゃうよ～！」

電車から降りると、絶望的な熱波が私を襲った。暑さで頭がおかしくなって、つい変な事を叫んでしまう。

アホな事を言ったものの、実際はそこまで暑くはなかった。隣におわす氷の女王がズバズバと言葉のナイフを私に突き刺してくるから、いつでも心はヒンヤリ氷点下なのだ。夏場は一家に一人水瀬《みなせ》真冬だね。

「静の場合は虫になるのではなくて？」

「ちょっと、どういう意味よそれ！　どうして私が夏場の道路脇で暑さにやられてひっくり返ってなきゃいけないのよ!?」

「試しにそこでひっくり返ってみたら？　お似合いだと思うけれど」

ほらほらこれよ。何かもう真冬の隣にいるだけで体感気温が10℃は下がってるんじゃないかって気がしてくるよね。実際何か出てるんじゃないの、見た目氷タイプっぽいし。

「ぬぎぎ……いつかギャフンと言わせてやるからな……」

キッ、と真冬を睨《にら》むも真冬は全然私のことなんか見ていなくって、私の視線の刃は真冬を貫通して空に消えていく。お返しと言わんばかりに太陽が目に入って視界がフラッシュした。

「んぎゃ！」

「何してるの静、早く行かないとお兄ちゃん見失っちゃう」

「ちょ、ちょっと目が眩《まぶ》しくて……」

ゴシゴシと目をこすると、紫色の光が暗闇の中でぼんやりと光る。これは完全に目がやられましたなあ…………。

「もう……何してるのよ」

「ぬおっ」

突如、私の手が拉致される。手のひらを包むひんやりとした感触は、私を引っ張ってぐいぐいと前に進んでいく。目を開けると、真冬《まふゆ》が私の手を取ってすいすいと人混みの間を抜けていた。私は目が回復したことを告げず、繋がれた真冬の細い指をじっと見つめていた。

「…………」

……………実は私って、真冬に嫌われてない気がするんだよね。何だかんだこういうのに付き合ってくれるしさ。今だって私が誰かとぶつからないようにルートを選んでくれてるし。言葉はキツイけど、本気でダメージ受けるようなことは言ってこないし。私にならこれくらい言っても大丈夫だろーって信頼されてる気がしなくもないような。

もしかして真冬って…………ツンデレ？

「まったくもう…………可愛《かわい》い奴《やつ》め」

「気でも狂った？」

「そうかもね～？」

「ちょっと、治ったなら自分で歩いて」

視線を上げると、遠くに蒼馬くんとひよりんの背中が見えてきた。付かず離れずの完璧な距離関係。

……あの二人、いつまで手繋いでるの？

◆

俺たちは三階にあるフィットネス・スポーツ専用フロアにやってきていた。

「えーっと、何を買えばいいのかしら。ランニング用の靴と、服と…………部屋の中で運動するなら屋内用のも必要よね」

ひよりんがフロアマップを眺めながら呟《つぶや》く。その奥では…………恐らくゴルフかテニス用だろうか。丈の短い女性用のスカートが並んでいて——俺の脳内に住まう小悪魔が、目の前の『推し』にそれを着せてしまう。

「そ、そうですね。色々見て回りましょう」

白いスカートからすらっと伸びるひよりんの健康的な脚は俺の理性を破壊するには充分過ぎて、俺は頭を振って脳内から小悪魔を追い出しにかかった。こんなことをしていたらフロアを回りきる前に俺は精魂尽き果ててしまう。

俺は気分をリフレッシュすべく、適当に近場の店に突撃した。ひよりんも大人しく俺に付いてくる。

「いッ——!?」

俺たちを待ち受けていたのは——スポーティな女性用下着の数々。脳内に帰還していた小悪魔はいつの間にか立派な悪魔に成長していて、勿論《もちろん》それをひよりんに………いやいやさせるか。

俺たちは慌てて店内からまろびでた。どうしてスポーツ用品フロアにランジェリーショップがあるんだよ!?

「すっ、すみません！　よく見てませんでした！」

「あ、あははは………だいじょうぶ、間違いは誰にでもあるものね!?　き、きき気を取り直して別のお店に行きましょう!?」

俺の顔も赤いだろうが、ひよりんも顔を真っ赤に染めていた。俺たちは油の足らないロボットのようにぎこちない動きで別の店に足を向けた。

「これとかどうかしら？　夏らしくて可愛いと思うんだけど」

ひよりんは手にしているレモンイエローのジップパーカーを身体《からだ》に重ね、俺の方に向き直った。

「そうですね………ちょっと失礼します」

まずは触って材質を確かめてみる。表面はさらさらとしていて、パーカーと言っても普段静が着ているようなものとは違い完全に運動用のようだ。くっついているタグによると汗をめちゃくちゃよく吸うらしい。

うん、なかなかいいんじゃないか。洗濯方法も変わったところはないし。

「いいと思います。機能性も問題なさそうですし」

そう言ってパーカーから手を離す俺に、ひよりんは不満げな視線を向けてきた。丁度今日の天気のようなじっとりとした視線を向けてくる。

「蒼馬くん…………ダメよ？　女性に服の意見を求められた時は可愛いか否かで答えてくれなくちゃ」

そう言って、ひよりんは期待の籠った視線を俺に向けてくる。

…………分かってたさ、そういう事を言った方がいいんだろうなって事は。でも恥ずかしかったんだよ。この一言を言うには、心の準備が必要なんだよ。

「に、似合ってると思います………」

「そう？　良かったぁ。じゃあこれにしようかしらね」

笑顔でパーカーをカゴに入れるひよりんにバレないように、俺は深呼吸をした。

何だかもう全身がむず痒い。きっと血液が物凄い速さで循環しているんだろう。

静《しずか》でも真冬ちゃんでもいい、誰か助けてくれ。

いるはずもない二人を探してしまうくらいには俺は困窮していた。まさか『推し』とのデートがこんなに疲れるものだとは。いや、勿論楽しいし嬉《うれ》しいんだけど、同じくらい精神的疲労もあった。

静と家電を買いに行った時はこんな事なかったんだけどな。同じ『推し』だけど、あいつは何となく友達って感じがする。ひよりんは『憧れの人』というイメージが強いせいだろうか。

ひよりんの服を一通り買い終え、俺たちはメンズコーナーにやってきた。

買うものは決まっているのでちゃっちゃと選んでしまおうと思っていたのだが、到着するなりひよりんがこんな事を言い出した。

「蒼馬《そうま》くんの服は私が選んであげるわね」

そんな訳で俺はひよりんに連れられるがまま、メンズコーナーを右往左往する事になった。ひよりんはあてどなく彷徨《さまよ》っているのではなく何か目当てのものがあるようで、しきりに辺りを見回している。

「あっ」

ひよりんが駆け出し、何かを手に取る。それは何の変哲もないスポーツ用のパーカーだった。反応を見るにどうやらこれを探していたらしいが、特別良さそうなものにも見えない。手に取ってみてもその印象は変わらなかった。ブランドだって聞いたことがないところ。声優の間でひっそりと流行《はや》っていたりするブランドなんだろうか……？

「うーん、サイズは大丈夫かなあ」

ひよりんは持っていた黄色いパーカーを俺に押し付けると、肩のラインを合わせて真剣な眼差《まなざ》しで袖や裾を確認していく。丁度ひよりんが俺の胸の中に飛び込んでくるような格好になり、俺は心臓がむず痒《がゆ》くなった。さらさらとした髪からは華のような甘い匂いが香ってきて、もし俺が虫だったらひよりんにくっつくだろうなと意味の分からない事が頭の中に浮かぶ。

「………うん、大丈夫そうね。これにしましょう」

持っていたカゴにパーカーを入れるひよりん。俺は慌てて口を挟んだ。黄色は特に好きな色じゃなかった。

「あの、俺はこっちの水色の方が――」

「何か言った?」

「あっ、いや、何でもないです……」

威圧感マシマシの笑顔をこっちに向けるひよりんに気圧《けお》され、俺は秒で引き下がる。

「よし、あとはインナーも必要ね………蒼馬くん、インナー持ってないわよね?」

「そうですね。それも買おうと思ってます」

「了解。じゃあ行きましょう?」

ひよりんは上機嫌な様子で、手に持っているカゴを軽く揺らしながら歩きだした。その様子を見て少しほっとする自分がいた。気の利いた会話とか全く出来ていなかったから、もしかしてつまらないんじゃないかと不安だったんだ。

………因《ちな》みにカゴは持とうと思ったのだが頑《かたく》なに拒否された。女性物の服が入ってるから恥ずかしかったのかもしれない。普段あれだけ密着しておいて何を今更とも思うが、シラフのひよりんと酔ったひよりんは別人だと考えたほうがいいんだろうな。その方が俺も色々な憧れを捨てずに済む。

ひよりんの背中を見つめるわけにもいかず、逃げるように視線はぷらぷらと揺れるカゴへ。一番上は、今入れたばかりの俺の黄色いパーカー。その下にはひよりんのコンプレッションウェアやらハーフパンツやら。更にその下には最初に選んだひよりんのレモンイエローのパーカー。丁度黄色で黒を挟むような形になって、まるで虎みたいな配色だった。

「ん…………？」

――――違和感。

違和感がないのが、逆に違和感だった。虎みたいな配色だと感じたのは、二枚の黄色が同じ色のように見えたからだ。でもそれはおかしい。一口に黄色と言っても、様々な種類があるはずだ。それなのにカゴに入っている二枚は全く同じ色をしているように思えた。まるで同じ物みたいに。

「…………マジかよ」

呟きを口の中で噛《か》み殺す。

幸か不幸か俺の覚えた違和感はバッチリ当たっていた。レジに立っている若い女性が、二枚のパーカーを見てほっこりとした笑みを浮かべているのがその何よりの証拠だった。

「お揃《そろ》い！　カップルさんですか？」

レジにて広げられた二枚の黄色いパーカーは胸に切り替えがあるかないか以外全く同じデザインをしていて、そのせいで俺たちはカップルだと思われていた。

慌てて否定しようとしたんだが——しかし、ひよりんの口から出たのは衝撃的な言葉。

「そうなの。一緒に走ろうと思って」

「!?」

「いいですねえ、素敵です」

「うふふ、ありがとう」

スルー出来ない状況に思わずひよりんの顔を見てしまう。ひよりんは平然とした様子でレジにクレジットカードを置いていた。今の会話で頭がいっぱいになりながらも、慌てて財布を取り出す。

「ひよりさん、お金——」

お札を差し出すと、ひよりんはそれを手で制し、大人の余裕溢《あふ》れるおっとりとした表情で首を横に振った。まるで年下彼氏と付き合っている社会人女性のような雰囲気を纏《まと》っている。

「ここはお姉ちゃんに任せて。いつもお世話になっているお礼だから」

「あ、いや、でも………」

簡単に引き下がる事が出来ず、俺の手は行き場をなくして宙を彷徨う。綺麗《きれい》に奢《おご》られるのも礼儀だというのは分かっているんだが、今日の会計は俺の中で「奢られてもいい範囲」を完全に超えていた。なにせ買ったのはパーカーだけではない。インナーやランニングシューズなど、諸々《もろもろ》合わせてとっくに五桁に到達しているのだ。

「お会計はカードでよろしいですか？」

「ええ、お願いします」

「お預かりします」

淀《よど》みなく進んでいくやり取りを、俺は無様にお札を握りしめて眺める事しか出来なかった。身体はまるで石になったかのように動かず、お金をひよりんに押し付ける事も財布に戻す事も出来ない。俺が立ち尽くしているとひよりんがこちらに視線を向け、言った。

「私、普段蒼馬くんに恥ずかしい姿を見せてばかりでしょう。だから…………たまには格好つけさせて？　今回だって私に付き合ってもらってる訳だし、これで蒼馬くんにお財布を出させるなんて私が耐えられないわ」

「…………分かりました」

確かに逆の立場なら、俺もきっと奢りたくなるだろう。勿論俺は俺の立場として奢ってもらうのは申し訳ない気持ちでいっぱいなんだが、ここは俺が引き下がった方がいいのは流石《さすが》に理解出来た。

「そういう事なら…………ありがとうございます、ひよりさん」

「ええ。その代わりちゃーんと付き合ってもらうからね？」

俺は頭を下げた。ゆっくりと顔を上げると、店員が頬を赤く染めているのが目に入った。

……恥ずかしい姿って、そういうのじゃないから！

◆

「ぬぎぎぎぎ………」

「落ち着きなさい静、ここで出ていっては事を仕損じるわ」

思わず飛び出しそうになった私の肩を、真冬《まふゆ》の細い指が摑《つか》んだ。意外に強い力で物陰に引きずり込まれ視界から二人が消失する。

「大きな魚を釣り上げる為《ため》には、まずは泳がせるの。そうして疲れた所を一気に釣り上げる。そうでなければ糸を食いちぎられてしまうわ」

真冬は意外にも青臭いたとえで私を諭してくる。話しかけながらも視線は私に向けられておらず、棚越しにしっかりと二人の背中を捉えていた。

「魚……？　真冬、アンタ釣りするの？」

「いえ、ミーチューブで見たわ」

「エアプかよ」

「エアプで結構。とにかく落ち着きなさい静、ここは人目が多すぎるわ」

ドラマのセリフみたいなことを言いながら、真冬は会計を終えた二人の背中を見送っている。人目が多すぎるって…………一体何をするつもりなの？

隣に立つ未成年の女子が何だか凄腕《すごうで》のヒットマンに思えて震えていると、途切れ途切れに蒼馬くんとひよりさんの話し声が耳に届いた。

「……彼氏……事ですか……!?」

「あはは……思わず……ちゃって……ヤだったよね……?」

「……んな事は……！　でも……迷惑……」

断片的でよく分からないけど……とにかく盛り上がっているみたいだった。蒼馬くんが慌てた様子で手を振っている。

……何をわたわたしてるのさ、『推し』は私だっていうのに――。

「――痛――ッ!?」

思わず膨れた私は、針を突き刺されたような痛みを肩に受け口に溜《た》めていた息を思い切り吐き出した。慌てて痛みの発生源を確認すると、真冬の細い指がぷるぷる震えながら私の肩にめり込んでいた。

わあ、人の指ってこんなにめり込むんだ。

……じゃなくて！

「痛い痛い！　真冬離して！」

「……私のお兄ちゃんを誑《たぶら》かすケダモノ……」

「だあああもう全然聞いてないし！」

真冬はまるで悪霊のように生気を失った顔をしていた。あらゆる感情が抜け落ちたような表情の中で、瞳だけが刃物のような鋭さを保っている。世が世なら銃刀法違反で逮捕されそうなその視線は、どうやらひよりさんに向けられているみたいだった。何故《なぜ》って「はせくらひより………」って口から漏れてるから。

………いやいや怖すぎるって。

私は何とか真冬の手を引きはがすと、前進しようとする真冬の肩を必死に引き留めた。ずるずると引きずられながらも、何とか真冬を止める事に成功する。今の真冬を野に放ったら、きっと大変な事になっちゃう気がするんだよ。この世界を救えるのはきっと私しかいない。

◆

………分からん。

ひよりんの事が、一切分からん。

いきなり手を繋《つな》いでくるし、お揃いの服を着ようとするし、俺の事を彼氏だと紹介するし。

………これもう絶対俺の事好きじゃん。俺とひよりん、両想《おも》いじゃん。

なんて冗談はさておくとして。

今までずっと酔ったひよりんは心臓に悪いと思っていたけど、シラフのひよりんの方がずっと心臓に悪いという事が今回のデートで分かってしまった。

酔っていても心臓に悪いし、酔っていなくても心臓に悪い。つまりひよりんはいつでも心臓に悪い。『推し』なんだから当然なのかもしれないが、『推し』と一緒に日常生活を送っている俺としては心臓の負担が気になる所だった。

そんな事を考えていたら、いつの間にか空は夕暮れに染まっていた。ランニングウェアを買った後も色々回った気がするけど、極度の緊張とひよりんの行動の意図を考えていたせいであまり記憶にない。ただ、帰りの電車の中でやたらと人目が気になったのだけは覚えている。有名人と一緒に外出するのがこんなにも気を遣う事だったとは。

そんなこんなで最寄駅から出た俺たちは、赤く染まる空の下、マンションまでの道のりを歩いていた。

――――そんな時。

「あ」

丁度駅前広場から大通りに折れるあたりで、ひよりんが不意に足を止めた。視線の先を辿《たど》ってみると、すぐ傍《そば》の店先に祝いの花輪が飾られているのに気が付く。

赤い文字で描かれた『祝御開店』の文字と、店内から漏れる賑《にぎ》わいの声。

「あそこ、工事してるなと思ってたんですけどお店になったんですね」

「そうねえ。一体何屋さんなのかしら」

どちらからともなく近付いてみると、どうやら出来たのはチェーンの居酒屋のようだった。真新しい店内は沢山の客で賑わっていて、皺《しわ》一つない新品のシャツを着た店員がジョッキを両手に持って忙しそうに動き回っていた。

「居酒屋ですか。この場所に出来たのは結構便利かもですね」

充分駅前と言える立地だし、この辺りには居酒屋は少ないからな。いずれ利用することがあるかもしれない。

「うん……そうね………」

てっきりひよりんの方が喜んでいるかと思っていたんだが、ひよりんの顔色は意外にも暗かった。羨ましそうに店の中に視線を注いでいる。

その理由を想像しようとして…………すぐに思い当たる。

頭より先に、口が動いていた。

「………ひよりさん。折角だし少し飲んで行きませんか?」

「え、でも私――――」

「大丈夫ですから。ほら、行きましょう」

「あっ……!」

俺は空いている方の手でひよりんの手を掴むと、暖簾《のれん》をくぐり店に入った。ひよりんは困った様子だったけど、俺の手を振り解《ほど》きはしなかった。

『私、外では飲まないようにしているの……迷惑かけちゃうから………』

以前、ひよりんがそう言っていたのを思い出す。あの時の自虐めいた表情を見れば、ひよりんが本当はどう思っているかなんて火を見るよりも明らかだった。

「いらっしゃいませー、何名様ですか？」

俺たちに気が付いて、店員がお盆を脇に抱えながらやってくる。

「二名――」

「四人です！」

「は…………？」

聞きなれた声に振り返ると――

「偶然だね、お兄ちゃん？」

――そこには何故か静《しずか》と真冬ちゃんが立っているのだった。


まさかマンション以外でこの光景を目にする事になろうとは――ラミネート加工されたメニューを静に取られ手持ち無沙汰になった俺は、そんなことを考えながら目の前で言い争いを始める闖入者《ちんにゅうしゃ》二人を眺めていた。

「むむ……どれも美味《おい》しそう……何飲もっかな……」

「静、さっさと決めてくれない？　私も選びたいのだけれど」

「アンタまだ未成年でしょーが。お子様はメロンソーダでも頼んでおきなさい」

「喧嘩《けんか》売ってるの？」

真冬ちゃんの指が静の頬に伸びる。静はひぃと悲鳴を上げ、メニュー表を盾にするように真冬ちゃんとの間に翳《かざ》した。二人のパワーバランスはどうやら外でも同じらしい。

静と真冬ちゃん、という組み合わせは蒼馬会《そうま》において『よく喧嘩している二人組』というイメージで、決して仲がいい印象はない。蒼馬会で唯一仲が悪い組み合わせという印象すらあるんだが、この二人がどうして一緒に出掛けていたんだろうか。

二人で出掛けるほど仲良くなったようにも思えないんだよな……現に今も喧嘩しているし、恐らく二人は根本的に性格が合わないように思う。動物でたとえるなら、静は犬で真冬ちゃんは猫っぽいというか。人懐っこい静とマイペースな真冬ちゃんは、まるで水と油のように混ざり合うことはない。

「はい、バリアー！」

「小学生？　静こそメロンソーダがお似合いだと思うけれど」

得意げにメニューを広げる静を、真冬ちゃんは名前の通り冷ややかな目で見下す。てっきりまたバトルが始まると思ったのだが、静は流石に今のは自分でも子供っぽいと自覚していたのか言い返す事はせず、その代わりぐぬぬと謎の声を漏らしながらメニューを精読する作業に戻った。頬を染めるくらい恥ずかしいんなら最初からやらなければいいのにな。

「やっぱり最初はビールかなあ……でもあれ苦いしなあ…………うーん……」

静はメニューをパラパラと捲《めく》っては戻し、捲っては戻しを繰り返しながら唸《うな》り声《ごえ》をあげた。その様子から静が居酒屋慣れしていない事が分かる。居酒屋慣れしている奴《やつ》は皆、自分なりの『一杯目はこれ』を持っているからだ。

「ひよりさんは何飲みますか？」

静はまだまだ時間がかかりそうだったから、俺は隣で不安そうに小さくなっているひよりんに声をかける事にした。ひよりんはビクッと身体《からだ》を震わせると、遠慮がちに俺に視線を向けた。

「蒼馬くん、あの、私ね――――」

「ひよりさん、大丈夫です」

「えっ……？」

俺はわざとひよりんの言葉を遮った。口にしてしまうと、ひよりんが不安に押し潰されてしまいそうな気がしたんだ。

…………ひよりんとの初めてのデート。全員が笑顔で終われればいいなと思うんだ。

「…………ひよりさん。俺を信じてくれませんか？」

「信じる……？」

「もし、ひよりさんが暴れそうになったら、俺が必ず止めますから。だから…………ひよりさんは何も気にせず、自分が一番飲みたいものを頼んでください」

「一番、飲みたいもの…………」

ひよりんは伏し目がちに、静が持っているメニューにちらっと目をやった。そして、すぐに視線を落とす。静は訳が分からない、という様子で俺とひよりんの間で視線を往復させている。お前は早く飲み物を決めろ。

ひよりんは小さく深呼吸した後、意を決したように顔を上げた。

「私………ビールにするわ」

そう言って控えめな笑顔を俺に向けるひよりんに、俺はつい目を奪われてしまうのだった。


「ぺは〜っ！　外で飲むお酒は格別だねい！」

ジョッキを机に叩《たた》きつけながら静が口の端の泡を飛ばす。真冬《まふゆ》ちゃんはそんな静を白い目で見ながらも、どこか羨ましそうにしている。

そしてひよりんはというと――――。

「ゴクッゴクッ………ぷはっ！　うふふ、美味しいわねえ」

大きなジョッキが天を衝《つ》く。さっきまでの遠慮がちな態度はどこへいったのか、ひよりんは勢いよくジョッキを傾けビールを飲み干した。

……その飲みっぷりに俺は不安に包まれる。さっきはデカい口叩いちゃったけど、本当に俺だけでひよりんの酒乱を抑えられるだろうか。

いや――――抑えなければならない。酒乱状態のひよりんはおおよそ公共の場に出せる存在ではないからだ。

「ひよりさん、いい飲みっぷりですねえ！」

「うふふ、静ちゃんも中々飲めるじゃない」

「ひよりさん、次は何飲みます？　オススメ教えてください」

酔っぱらい二人が早速二杯目の相談をし始める。静はどうやら酒の知識に富んでいるひよりんと同じものを頼むつもりらしく、テーブルにメニューを広げた。ひよりんはえっとねーなんて言いながら嬉《うれ》しそうにメニューを眺めている。

……………やっぱり、来てよかったな。

普段の蒼馬会より少しだけ楽しそうなひよりんに、俺は内心でガッツポーズする。

――――そんな時。

「――――お兄ちゃん。お兄ちゃんはどうしてひよりさんと一緒にいたの？」

対角線に座る真冬ちゃんが、楽しそうにメニューを眺める二人を貫いて鋭い視線を俺に向けていた。

「あー…………えっとだな…………」

少しだけ酔いが回った頭が、必死に正解を求めて回転を始める。けれどどれだけ頭を振り絞った所で真冬ちゃんを納得させられるだけの理由が思いつかず、俺は両手を上げた。

「まあ…………簡単に言うとダイエットしようと思ってな。ほら、蒼馬会の飯って結構高カロリーだろ？　太る前に運動を始めようと思って、それでひよりさんを誘ったんだよ」

事情を話すと言ったものの、流石《さすが》にひよりんが太ったとは言えない。親しき仲にも礼儀あり……というよりは最低限のマナーだ。

真冬ちゃんは俺の回答がお気に召さなかったのか、氷のように冷たい視線を崩さない。

「どうしてひよりさんだけなの？　蒼馬会のメニューが原因なら、私だって関係あると思うけれど。お兄ちゃんは私が太ってもいいの？」

「うっ…………ほ、ほら、真冬ちゃんは寧《むし》ろもう少し肉をつけた方がいいと思うんだよ。ダイエットなんか必要ないって」

「…………やっぱり私は太ってたんだ」

「いっ!?」

俺の発言は予想外の方向に飛び火した。横に目を向けると、ひよりんが沈痛な面持ちでテーブルに墜落していた。

「ち、ちちち違いますって！　ひよりさんも痩せてますから！」

「ムホホ、大変だねえ」

必死にひよりんを元気づける俺を愉快そうに眺めながら、静がグラスに口をつける。なあ、見てるだけじゃなくて助けてくれないか？

…………と、いうよりだ。

とある事が気になって、静の身体に視線をやる。顔の輪郭、頬の肉付き、二の腕、それから────。

「えっ、ちょっ、な、何なのさ！　そんなに見つめないでほしいんだけど!?」

何を勘違いしているのか、静は自分の身体を抱き締めるようなポーズで頬を赤く染めはじめた。可愛《かわい》いが、今はそういう話をしたい訳じゃない。

「静、お前は大丈夫なのか？　正直、一番太りそうな生活してるのはお前だと思うんだが」

静の家の掃除を一手に引き受けている俺には、静がどういう生活を送っているのか筒抜けだった。週に三回はハンバーガーを食べている事も、コンビニの大盛りパスタをこよなく愛している事も、最近果実系のグミにハマっている事も全てお見通しなのだ。

「あとお前さ、全然疲れてないのにエナジードリンク飲むの止《や》めたほうがいいぞ？　完全に栄養過多だから」

「うぐっ…………！」

静は痛い所をつかれたと言わんばかりに胸を押さえ、グラスに残っていたビールを思い切り飲み干した。

ジャンクフード。不規則な生活。間食。運動不足。

生活習慣病四天王に「飲酒」が加わり、更に盤石になりつつある林城《りんじょう》静太った疑惑。果たしてその真相や如何《いか》に。

「いやマジで、結構普通に心配してるんだよ。場合によっちゃ蒼馬会の献立を見直す必要だってあるだろうしさ」

二十代でも平気で生活習慣病にかかる時代だからな。キッチンを任されている以上、静を健康な状態に保つのは俺の義務でもある。

だが静はそんな俺の心配などどこ吹く風、あっけらかんとした様子で唐揚げに箸を伸ばし、美味しそうに口に運ぶ。

「うーん、全然自覚症状はないんだよなあ……昔から太らない体質っぽいんだよねー私」

――空気が凍りつく音が聞こえた。

テーブルに墜落していたひよりんが、ゆらりと頭をもたげて鋭い視線を静に向ける。静は全く気が付かず、笑顔で唐揚げを頬張っている。

「太らない体質……ねえ…………」

ひよりんがドスの利いた声を出しながらゆっくりと上体を起こす。声優だからなのか、それとも感情が籠もりすぎているのか、物凄《ものすご》い迫力があった。

…………そういえば、いつだか聞いたことがある。

女性に対して「太らない体質」は禁句だと。丁度それで悩んでいるひよりんにしてみれば、その発言は喧嘩を売っているようなものだったのかもしれない。

そして…………どうやらそれは真冬ちゃんも一緒だった。

「…………ああ、だから胸にも一切栄養がいっていないのね。合点がいったわ」

「なにおぅ!?」

言葉のナイフを突き刺された静が、眉を吊《つ》り上げて真冬ちゃんを睨《にら》む。

「…………う」

が、もはや法律で規制すべきな鋭さを携えた真冬ちゃんの眼光にやられ、行き場をなくした視線は助けを求めるように俺の方にやってきた。

「そ、蒼馬くん、何だか二人が怖いんだけども……」

涙目で俺を見つめてくる静《しずか》。その可愛さに思わず助けの手を差し伸べてしまいそうになるが、うっかりそちら側へ加勢すれば鬼神と化したひよりんと真冬ちゃんに煮て食われること必至。

「可愛い子には旅をさせよ」という諺《ことわざ》もある事だし、ここは静に長い長い旅に出てもらうほかないだろう。いつかまた会える事を信じて。

「蒼馬くぅん…………！」

「さってと、俺は二杯目何飲もっかな…………」

「ぐ、ぐえええええええええッ！！！」

わざとらしく視線を逸《そ》らす俺の視界の端で、二人の魔の手が今まさに静を捉えた。

「ぽしゅ～…………」

二人によってこってり搾られた静が力なく佇《たたず》んでいる。まるで試合後に真っ白になった某ボクサーみたいだ。そしてそんな静を肴《さかな》に、ひよりんと真冬ちゃんが満足げな表情でグラスを掲げた。

「それじゃあ…………乾杯っ」

「お疲れ様でした」

キンッ、と小気味良い音を立ててグラスがぶつかり合う。普通に太る体質派の輝かしき勝利に乾杯。

「えーっと、それじゃあどうしようかしら。二人はランニングウェアとか持ってないわよね？」

「私は持ってないですね。静は？」

「…………ワタシ、イキタクナイ」

静はまるで電池の切れたロボットのようにがっくりと肩を落としたまま呟《つぶや》く。

…………話し合いの結果、静と真冬ちゃんも朝のランニングに参加することになったのだった。出不精&夜行性&太らない体質の静は最後まで抵抗していたが、有無を言わさぬ迫力を備えた二人に挟まれてはどうしようもなく、最後は諦めたように首を縦に振った。

「動きたくないよぉ…………動かなくていいからVTuberになったのに…………」

今明かされる推しの誕生秘話。あのエッテ様が、まさかそんな後ろ向きな理由で生まれていたとは。

「まあまあ、いいじゃない。皆で走ったらきっと楽しいわよ？」

普段より少し上機嫌なひよりんが、まるで子供をあやすように静の頭を撫《な》でる。俺もぐずったら撫でてもらえたのかな…………なんて思ったけど勿論《もちろん》口には出さない。

静は本気で参加したくないらしく、ひよりんに目もくれずしょぼくれている。酒の席とは思えないその様子に、俺は静が不憫《ふびん》に思えてきてつい助け舟を出してしまっていた。

「静、そんなに嫌なのか？」

「うん…………」

「そうか…………ならランニングは三人でいいんじゃないですか？　静は夜中の配信とかもあるでしょうし。本業に支障が出たらマズいと思うんですよ」

そう言って二人を見回すと、流石に仕事を持ち出されては黙るしかないのか目立った反論はなかった。普段のぐうたら具合を見るにまず間違いなく仕事に支障は出ないし、逆に健康になることは間違いないと思うがそれは俺の胸先三寸に留《とど》めておく。

「良かったな静、参加しなくていいってよ。ほら、しょぼくれた顔してないで飲もうぜ？」

「う、うん…………ありがと」

無理やり気味にメニューを押し付けると、静は遠慮がちに微笑《ほほえ》みかけてくる。可愛い。

「うーん、残念ねえ。静ちゃんとも一緒に走りたかったんだけどなあ」

「急に静の体質が変わって太りますように…………急に静の体質が変わって太りますように…………」

「ぶふッ！」

真冬《まふゆ》ちゃんが両手を合わせて天に祈りだし、そのあまりにも普段のキャラとかけ離れた行動に思わず吹き出してしまう。太らない体質というのはそこまで羨ましいものなのか。

「まあまあ。…………そういえば静、前に配信でリンギュフィットやってたよな？　あれってやっぱり辛《つら》いのか？」

配信ではエッテ様が死にそうになりながらスクワットをやっていたのを思い出す。確か常人ではありえないレベルの序盤でギブアップしていて、そこからエッテ様に病弱イメージが付いたんだ。当時の俺はいくら何でも体力なさすぎだろと思っていたけど、こうやって静と知り合ってみるとまあそうだよなという感想しか湧いてこない。こいつの運動不足は筋金入りだ。

静はリンギュフィットという言葉を聞くとビクッと肩を震わせ、亀のように首をすくめた。

「わ、私は絶対やらないからね!?　あの企画はもう思い出したくもないんだから」

「そんなにか」

「も～地獄だったよ！　こんな辛い思いをするなら3Dモデルなんていらないとすら思ったよ」

「あー、そういえば3Dお披露目会だったなあれ」

VTuberのモデルには大きく分けて2Dと3Dがあり、大抵の場合3Dは後から作られる。2Dは基本的に上半身の簡単な動きにしか対応出来ないのに対し、3Dは全身の動きを緻密に反映する事が出来るから、3Dモデルがあると色々な企画が出来るようになるんだよな。

３Ｄモデルが出来た際は「３Ｄお披露目会」と称して歌ったり踊ったり変なポーズを取ってみたりする配信が行われるのが通例なのだが、エッテ様の場合は何故《なぜ》かリンギュフィット配信だった。何か運営から恨まれるような事でもしたんだろうか。

「コメントはえっちな感じになるしさ…………あれは恥ずかしかったよホント」

「そ、そうか…………大変だったな」

エッテ様が準備体操で開脚をした時に「えっろ」とコメントを打った記憶が鮮明に蘇《よみがえ》ってくる。

…………だって仕方ないだろ、エロかったんだから。


お酒の力と、居酒屋というちょっとした非日常感も手伝ってか、蒼馬《そうま》会初めての外食は意外にも平和に進んでいた。ひよりんももう何杯飲んだかは数え切れないが、何とか酒乱モードにならずに耐えている。いつもなら間違いなく暴れ始める酒量なんだが……ひよりんも内に潜む獣と戦っているのかもしれないな。

「う～…………ヒック……そーまぁ、どこ～？」

…………嘘《うそ》だ。やっぱりそろそろダメなのかもしれない。

ひよりんは個室を仕切っている暖簾《のれん》から首を出し、通路に声を投げかけ始めた。

俺は隣ですよ、ひよりさん。

「はいはい、何ですかひよりさん」

経験上、声だけでは気が付かないことを俺は知っている。遠慮がちに肩を摑《つか》むと、ひよりんは俺に気が付いて顔を綻ばせた。

「そーま、どこいってらの～？」

「俺はずっとここにいましたよ」

「そっかぁ、へへへ」

ひよりんは特に俺に用があった訳ではなかったらしく、俺の服をちょんと摑んだまま、にこにこと俺を眺めている。頭がゆらゆらと揺れてまるでメトロノームみたいだ。ソーラーで動くこういう置物あるよな。

「えっ……………あの女、ちょっと距離近くない？　少しばかり私より胸がデカいからって調子乗りおって」

「少しではないと思うけれど。まあその他は同意」

対面では静と真冬ちゃんが俺たちを見ながらこそこそと何かを話している。見てるくらいなら助けてくれないか？

「なるほど……酔えば蒼馬くんに合法的にくっつけると。真冬………悪いわね。私もあっちに行くわ」

「くっ……未成年者飲酒禁止法が憎い……！」

「じゃあね真冬――――うおおおおおお！」

「!?」

静は急に雄たけびをあげると、ハイボールを勢いよく胃に流し込み始めた。大ジョッキがみるみるうちに空になっていく。

「し、静!?　一体どうしたんだ!?」

「よ～し、もういっぱいいくぞ～！」

静はメガハイボールを注文すると、到着するや否や何かに急《せ》かされるように口を付けた。

一体こいつは何をやってるんだ。

「ぶえぇ……んぐっ、んぐっ………」

「おい静、お前――」

「そーま、どこみてるの？」

静の一気飲みを止めたい所だったが、俺には俺でやらなければいけないことがあった。

「ひよりさん、近い、近いですって」

ひよりんは俺の頬を両手で挟むと、ぐいっと自分の方へ向き直らせてくる。熱の籠った吐息が鼻先をくすぐり、花のような甘い匂いとアルコール臭がないまぜになって俺の鼻腔《びこう》を直撃した。ビー玉みたいに澄んだひよりんの瞳が目の前に現れ、俺は吸い込まれそうになる。

………ダメだダメだ、ここで吸い込まれたら俺は大切な何かを失ってしまいそうな気がする。

例えば…………真冬ちゃんからの信頼とか。

「真冬ちゃん、ひよりんは俺が何とかするから静をお願いしていいか？」

「……分かった」

俺を冷めた目で見ていた真冬ちゃんに指示を飛ばし、俺たちの酔っ払い介護が始まった。

「うーん……」

ひよりんが俺の膝の上で寝息を立てている。抱き着いたりキスされそうになった時はどうなる事かと思ったが、何とか落ち着かせる事が出来て本当に良かった。本当に、色々な物を失いかけた。

「真冬ちゃん、そろそろ帰ろっか。そっちは大丈夫？」

対岸に目を向けると、どうやら静は大丈夫そうではなかった。ずり落ちるように背もたれに全体重を預け、辛そうに顔をしかめている。

「ダメかも。お水も飲んでくれないし」

「う～……うう……しぬ……」

「死ぬなら外にして。ほら、立てる？」

「うう……むり……はこんで……」

「無理よ。置いていかれるのと自分で歩くのどっちがいいの」

「……あるく……」

静は辛そうにしながらも、テーブルの下に沈んだ身体《からだ》をのそのそと引き上げ始める。真冬ちゃんは口では辛辣にしながらも手伝ってあげていた。

……真冬ちゃん、やっぱり優しい子なんだよな。パッと見の印象で勘違いされがちだけど。

「う……ぐわんぐわんする………」

「やれば出来るじゃない。ほら、行くわよ」

まるで亀のように遅々とした動きで何とか立ち上がる事に成功した静《しずか》は、辛そうに目をつぶっている。真冬ちゃんはそんな静の手を引いて店の外に出ていった。

……静と真冬ちゃん、少し仲良くなったのかな。何となくそんな気がする。

「よし、俺たちも行くか。ひよりさん、起きられますかー？」

「………」

「ダメそうだな、こりゃ」

身体を揺らしてみても、ひよりんは全く起きる気配がない。この人、酒飲んで寝ると全然起きないんだよな………。

「……おぶっていくしかないか」

膝枕している人間をおぶるには、色々な所を触る必要がある。

「………」

……出来れば俺だって勘弁願いたいんだぞ？

いや、本当に勘弁願いたいかと言われればそんな事はなく、少なくともこういう形は勘弁願いたいというだけなんだが、色々と柔らかいひよりんに手を触れる事は俺の理性を著しく刺激する。理性が本能に負けないように、心を鋼鉄でコーティングする必要があった。

「…………ふぅー…………よし、オッケー」

大きく深呼吸して、作業に取り掛かる。こういうのはもう一気にやってしまった方がいいんだ。

まずは肩を摑んで、ひよりんを背もたれに座らせる。そうしたらテーブルと太ももの隙間を抜けるように通路に出て――――ここからが問題だ。

まずはひよりんを立たせないといけない。

「変な所触っちゃったら本当にごめんなさい」

俺はひよりんを抱きかかえるように、脇の下に両手を差し入れる。そのままひよりんの身体をがっちりホールドすると、テーブルから抜き取るように横にずらしながら自分の身体に思い切り押し付ける。

まるでプリンが潰れるような感触が胸に襲い掛かり――――頭を振って何もかもを追い出す。

ひよりんの身体を思い切り引き上げ、まずは抱っこの体勢。抱っこというか、抱き合っているようにしか見えないか。

「ひよりさん、一瞬だけ立っててくださいね」

「んー…………？」

俺に体重を預けてくるひよりんを上手《うま》い事壁に挟みながら、素早く身体を反転する。プリンの感触が胸から腕、腕から背中に移動する。壁と背中でひよりんを挟むような形になれば、あとは普通におんぶするだけだ。

……唯一の救いは、ひよりんがロングスカートを穿《は》いていた事だ。これが生足が出るような服装だったらきっと俺は無理だっただろう。

「ありがとうございましたー！」

何とか会計を済ませた俺は、店の外に出た。

「う～……まだつかない……？」

「ええ。移動してないもの」

店先では真冬《まふゆ》ちゃんに手を繋《つな》がれた静が、まるで鎖に繋がれた猛獣のようにうろうろよたよたとその場で回っていた。

…………本当、一体こいつは何がしたかったんだろうな。

すっかり暗くなった夜道を真冬ちゃんと歩く。正確には俺の背中で熟睡している人と真冬ちゃんの服の裾を摑んでゾンビみたいに歩いている人もいたけど、意識があるのは二人だけだ。

「ごめんね真冬ちゃん、お酒飲めないのに」

「ううん、無理やり交ざったのはこっちだし。それに……私も楽しかったから」

「それなら良かった。真冬ちゃんがお酒飲めるようになったらまた飲み会やろうね」

「うん、楽しみにしてる」

初夏の生温《なまぬる》い空気とまったりとした時間が俺たちを包む。

特に話題も無く、それから俺たちは黙々とマンションへの道のりを歩いた。真冬ちゃんとは毎日一緒に通学してるから話したい事はもう大体話しているし、沈黙が気まずくない関係性が出来上がっていた。やっぱり幼馴染《おさななじみ》なんだなあ、とこういう時に思う。

十分ほど歩いて、俺たちは無事にマンションに到着した。

「じゃあ俺はひよりんを寝かせてくる。二人とも今日はお疲れ様」

「………うぃ〜……」

「お休み、お兄ちゃん」

合鍵を使ってひよりん家《ち》に入り、慣れた足取りで寝室に進む。ひよりんをベッドに降ろすと、溜《た》まっていた疲労が一気に噴き出してきた。

「あー疲れた……洗い物もないし、今日はもうさっさと寝ちまうか」

ひよりん家を出て、自宅に帰ろうとし――視界の端のドアがどうしても気になった。

「あいつ大丈夫かな………結構ふらふらだったけど」

酒に慣れているひよりんと違い、静は完全にお酒初心者。今日のように泥酔した事なんてきっとないんじゃないか。ひよりんは酒が残らない体質みたいだけど、静はどうか分からないし。

「……水でも買っていってやるか」

アルコールを分解するには水とブトウ糖が必要不可欠。二日酔いにならない為《ため》には、今が一番大事なんだ。

コンビニで水とラムネを購入した俺は、合鍵を使って静の家にお邪魔する事にした。合鍵を交換するのは反対だったけどこういう時は助かるな。

「静ー、入るぞー？」

ドアを開けながらリビングの方に声を掛けてみる。もう寝ているのか、静の家は真っ暗だった。出来れば起こしたくないから電気を点《つ》けずに行きたいが、ひよりんの家と違い静の家はそうはいかない。どこに天然のまきびしが落ちているか分からないからだ。

玄関傍《そば》のスイッチで電気を点けると――――そこにはまさかの光景が広がっていた。

「――いっ!?」

なんと――静が玄関に倒れていた。靴すら脱いでいない事から、帰るなりすぐぶっ倒れた事が分かる。

「おい静!?　大丈夫か!?」

「……んにょ～ん……だいじょび……」

「だいじょびって言う奴《やつ》は大丈夫じゃないって相場が決まってるんだ。とりあえずベッド行くぞ」

「やん……だいたん………」

「うっせえ酔っ払い」

内容はともかく受け答え自体は出来ているからとりあえずは胸を撫《な》で下ろす。靴を脱がせ静を抱きかかえると、俺はリビングを通り抜けて寝室に向かった。リビングは相変わらず汚い。こまめに掃除しているのに、どうしてすぐ汚れてしまうのか。静はリビングを大きなごみ箱だと思ってるんじゃないか。

「おろすぞー」

「うぃ～……」

ベッドに座らせると、静はそのまま後ろに倒れ込んで寝ようとする。俺は慌てて肩を摑《つか》んだ。

「静、寝る前にラムネ食べとけ。あと水も。その様子じゃ多分二日酔いは免れんだろうが、全然違うはずだ」

「んー……」

そう言って静に水とラムネを持たせてみるも、静は一向に動く気配がない。

目も閉じてるし、寝てるんじゃないだろうな……？

「おい静――」

「たべさせて……」

「は？」

「たべさせて」

静はゆらゆらと揺れながら、親鳥から餌を貰《もら》う雛鳥《ひなどり》のように口をつん、と上に突き出した。薄ピンク色の唇がまるで花弁のようにこちらに花開いている。

「………マジか」

食べさせてって……なあ？

「はやく……」

「ああもう……分かった分かった。あとから文句言うなよ！」

俺は静からラムネの袋を奪い取ると、乱暴に封を開けラムネを一粒取り出した。ラムネは小指の爪ほどの大きさしかなく、これを食べさせるにはどうやったって唇と指が接触してしまう気がした。

……出来れば自分で食べてほしいが、仕方がない。こうしている間にも静の肝臓は悲鳴をあげているんだ。

「……ほれ、食べろ」

極力ラムネの端をつまんで、俺はゆっくりとラムネを静の唇にくっつけた。思い出すのは小さい頃、動物園でキリンに餌をあげた時の記憶。自分より遥《はる》かに巨大な生き物に餌をあげるのは物凄《ものすご》い恐怖だったが、間違いなくあの時よりも今の方が緊張していた。

「ん……」

静はゆっくりと唇を内側に巻き込むようにして、ラムネを口の内側に取り込んでいく。

ラムネの端には俺の指がある訳で――当然の帰結として、俺の指は一瞬だが静の唇にくっついてしまった。

「うっ……」

俺は咄嗟《とっさ》に脳内で念仏を唱え、何とか煩悩を抑え込む。

「……よし、あと五個くらい食べとこうな」

「はぁーい……」

無心で餌付けを終え、水を飲ませる。静をベッドに寝かせると、すぐに小さな寝息が聞こえてきた。

「……とりあえずは大丈夫そうだな」

いくつか目立ったゴミを拾い集め、俺は静の家を後にした。

自宅に帰りシャワーを浴びると、心地よい疲れが全身に広がる。倒れ込むようにベッドに転がると、今日あった色々な出来事を思い出す間もなく俺は眠りに落ちていた。

◆

「………うし、行くか」

いつもより早い目覚ましを止め、ひよりんに買ってもらったランニングウェアに袖を通す。通気性や吸水性に優れたウェアはとても軽く、インナーの上からだとほとんど重みを感じられない。何だか身体《からだ》が軽くなったような錯覚に陥って、足取りも自然と軽やかになった。

ただ……気になる事が一つ。

「……やっぱり似合わないなあ」

姿見の前で手を広げてみる。そこには自分では絶対に選ばないであろう、明るい黄色のパーカーに身を包んだ俺が立っていた。じーっと眺めていても違和感は全く消えず、何だか自分が自分じゃないような気さえする。服が違うだけでこうも自己認識が希薄になるなんて。

薄暗いリビングの中でぼーっと自分じゃないような自分を眺めていると、ポンとスマホが音をたてる。画面を確認すると、ひよりんからルインが来ていた。

『起きてる？』

『起きてます。今降りますね』

ひよりんとのルインは未《いま》だに少し夢見心地だ。『推し』の声優と個人的にやり取り出来るなんて、少し前まで想像もしていなかった。

「……」

黄色いパーカーに身を包んだ自分も、これから『推し』と一緒にランニングするという事実も、今日は何から何まで現実味がない。夜でも朝でもない世界の中で、俺だけがまだ夢の中にいるようだった。

マンションの前には、既にひよりんが待っていた。真冬ちゃんはまだランニングウェアが用意出来てないらしく、今日はこれがフルメンバー。

「おはよう、蒼馬《そうま》くん」

　俺に気がついたひよりんが控えめにこちらに手を振る。小走りでひよりんのもとまで向かうと、まだ少し夜の冷たさを残した澄んだ空気がすーっと肺の中に入り込んでくる。

「ひよりさん、おはようございます。……こう言ってはなんですけど、姉弟みたいですね」

　お揃《そろ》いの黄色いパーカー姿に、ついそんな感想を持ってしまう。

「あはは……ごめんね？　ペアルックみたいになっちゃって恥ずかしいよね……一緒がいいなあって、あの時は思っちゃったの」

　みたい、ではなく完全にペアルックでしかない。まあそれ自体はあの日から分かっていた事ではあるんだが、いざこうして並んでみると想定を上回る恥ずかしさなのは確かだった。ひよりんは似合っているけど、俺は似合ってないから余計に。

「まあ、そうですね……でも一致団結感はある気がします。部活みたいで」

「部活かあ。蒼馬くんと一緒の部活だったら楽しかっただろうなあ………実際は小学校も被《かぶ》ってないけど……」

　崩れ落ちそうになるひよりんに肩を貸し、何とか支える事に成功する。年齢の事になると本当に防御力ゼロになるなあ、この人は。別に歳《とし》なんて関係ないと思うんだけど。確かに俺とは結構離れているけど、一般的に見たらひよりんだってまだまだ若者だ。

「ひよりさんは何か部活やってたんですか？」

「……バレー部だったわ……こう見えてもね……」

「それは、別にどうも見えないですけど」

こんなに太ってるのに、とか思ってるんだろうか。そもそも全然太ってないんだが、何度言ってもひよりんは俺の言葉をお世辞だと受け取ってしまうんだよな。ここ最近分かってきた事は、意外とひよりんは根っこがネガティブだという事だ。年齢しかり、体型しかり。

こんにゃくみたいに脱力したひよりんを何とか立たせて、俺はゆっくりと歩き出す。

「それじゃあ……そろそろ行きましょうか。最初は準備運動がてらウォーキングで」

一応ランニングについて色々と調べてきた。いきなりランニングやジョギングから始めると、関節や筋肉を痛める場合があるらしい。ひよりんはどうやらライブを控えているみたいだし（ザニマスだったら最高だ）念には念を入れた方がいいだろう。

「ええ、そうしましょう。よろしくお願いね？」

ひよりんが俺の横に並ぶ。笑顔を向ける。それだけで、花のような香りがふわっと鼻腔《びこう》をくすぐった。

「へえ、それじゃあ子供の頃は腕白っ子だったんですね」

「そうなの。男子と一緒に外で泥遊びとかして、親に怒られたりしてたのよ？」

「意外です。俺が知るひよりさんは、何というか女性らしい印象だったので」

　スタートしてからは既に三十分ほどが経過していた。大体五キロメートルになるよう事前にコースを調べてきたんだが、今は丁度半分に差し掛かった所だ。

　準備運動としてはとっくに十分な距離ではあったけど、俺たちはまだゆったりまったりと歩いていた。話すのが楽しくてランニングする気にならなかったんだ。ひよりんは恐らく俺に合わせてくれているんだと思う。

「勿論《もちろん》今はそんな事しないのよ？　あ、でもライブ中は結構童心に返っているのかも。生放送とライブでキャラが違うって言われるの、私」

「あ、それは俺も思ってました。俺は今はこうやって普段のひよりさんを知ってますけど、ひよりさんが引っ越してくる前も、やっぱりライブ中のひよりさんはかっこいいなって思ってましたもん」

「そうだったんだ。じゃあ蒼馬くんはライブ中の私のファンってことかな？」

「いや、全部ですね。どんなひよりさんも『推し』なので」

　普段より普通に話せているのは、恐らくこのペアルックのせいか。大事の前の小事というか、大きな恥ずかしさで心が麻痺《まひ》しているような気がする。折角選んでくれたのにこの言い草はないかもしれないが、まさに災い転じて福と成すだ。

「じゃあ……『支倉《はせくら》ひより』も……推してくれる……？」

「えっ？」

「あ、あははは！　ごめんなんでもないの！　ほら、そろそろ走りましょ!?」

言うや否や、ひよりんが駆け出す。

小さくなっていく背中を俺は慌てて追いかける。クッションの効いたランニングシューズは羽毛のように軽くて、まるで雲の上を歩いているみたいだった。それが楽しくて、俺はひよりんがボソッと呟《つぶや》いた言葉が何だったのか、聞き返す事を忘れてしまった。

十五分ほどランニングをし、俺たちはマンションまで戻ってきた。

「あっつ……………」

「ふぅ……ふぅ……あついねー」

ひよりんがパーカーのジップを下げ、パタパタと胸の辺りを扇《あお》いでいる。あんなにぎゅうぎゅうになっていたらそりゃ暑いだろうな。

というか普通にエロすぎんだろ。俺は当然視線を逸《そ》らした。

「はぁ、はぁ……なんか……あれですね。ひよりさん、あんまり息上がってないですね」

俺が膝に手をついて肩で息をしているのに対し、ひよりんは多少呼吸は大きいものの特に辛《つら》そうにしている様子はない。俺の方が若いのに、なんだか恥ずかしい。

「ふふ、声優って意外と体力仕事なのよ？　ランニングが日課だったり、ジムに通ってる子も多いんだから」

「そう、だったんですね……確かにライブとか、凄く動きますもんね」

　早朝のしっとりとした空気が汗を急速に冷やしていく。大急ぎで呼吸を繰り返していた肺も、澄んだ空気を取り込んで落ち着きを取り戻してきた。

「そうなの。ザニマスのファーストライブ、本当にレッスンが大変だったのを覚えてるわ。それまでは歌って踊るなんて経験はなかったから」

　考えてみれば当たり前の事ではあった。俺があの日ライブ会場で目の当たりにした輝きは決してあの瞬間だけの刹那的なものではなく、彼女たちの血の滲《にじ》む努力の結晶なんだ。一体どれだけの練習をすればあんなに輝けるのか……想像する事すら失礼な気がした。

「何というか……ありがとうございます」

「お礼？　どうして？」

「ひよりさんが頑張ってくれたお陰で、俺はひよりさんに出会えましたから。勿論俺はただの名も無き一人のファンでしかないんですが……それでも『八住《やすみ》ひより』という存在に出会えて本当に感謝してるんです」

　人が『推し』に出会った時……そこにあるのは圧倒的な『感謝』の念。あの時ステージの上でまばゆい輝きを放っていたひよりんの姿は、今でも俺に勇気をくれるんだ。

「あはは……そこまで真っすぐ言われると、何だか照れちゃうね。でも……ありがとう。蒼馬くんにそう言ってもらえて、本当に嬉《うれ》しいよ」

そう言って、ひよりんは俺に笑顔を向けてくれる。薄《うっす》らとピンク色に上気した頬や、そこにキラリと光る汗。おでこに張り付いた髪の一本一本まで、全てが尊かった。

……本当に、夢のようだ。『推し』が傍《そば》にいる生活っていうのは。他のどんな事でも摂取出来ない栄養素がここにはある。

「……ぬ？」

マンションの玄関から間の抜けた声が聞こえてくる。目を向ければ、ラフな格好の静《しずか》が目の下にクマを作りながらとぼとぼとこちらに歩いてきていた。

「うひゃ〜、ホントにやってるよ……え、ていうかめっちゃペアルックじゃん」

「うっ……それは言うな」

「やっぱりおかしいかな……？」

「そだねえ、めっちゃ目立ってると思うなあ」

静は目をごしごしと擦《こす》りながらすぐ傍までやってくる。

「うわあ、めっちゃ汗かいてるし。朝からお疲れ様だよ……」

寝不足で頭があんまり回ってないんだろう、ここまでローテンションな静は中々珍しい。

「静は今まで配信してたのか？」

「配信とか、あと動画の編集とかね……ふあぁ……ねっむ。じゃあ私は行くねえ」

口に手を当てながら、静は俺たちを追い越して歩いていく。行先は恐らく近くのコンビニだろう。静の生態をマスターしている俺の予想では、恐らくスパゲティか何かを食べてから寝る気だ。めちゃくちゃ太りそうな生活だが、太らない体質の静の前では大盛スパゲティも精進料理に等しい。

「静！　おやすみ！」

「ほぁ〜い」

もう一人の『推し』の背中に声を掛け、俺たちはマンションに帰った。

◆

いやいや。

いやいやいやいやいや。

蒼馬くんとひよりさん、めちゃくちゃペアルックだったんですけど!?

どこからどう見てもカップルにしか見えない奴《やつ》なんですけど!?

えっ、ちょっと待って……これ現実？

実は夢だったりしない？

……まあ、しないか。

いくら眠すぎて頭回ってないとはいえ、流石《さすが》に現実と夢をごっちゃにしたりはしない。

あれは流石に現実だ。めっちゃ汗かいてたし。

「いらっしゃいませー」

うわあ……どうしよう。

なんだか急に不安になってきた。これで二人の仲が急接近、なんてこと……ないよね？

「…………」

私は、蒼馬くんを信じてる。

確かにひよりさんは胸もおっきいし、なんかオトナの包容力みたいなのがあるけど、蒼馬くんはそんなのに負けたりしない。胸なんかより大切なものがあるって分かってるはず。それが何なのかは分からないけど。とにかく、この世には胸より大事なものがあるんだ。

私はそう信じてる。

「こちら、温めどうしますか？」

「あ、お願いします」

えー……どうしよう。

私も参加した方がいいのかな。

でも朝起きるのも嫌だし、走るのはもっと嫌だ。ダンスのレッスンですら出来れば行きたくないと思ってるんだから、今の私にはどう考えてもそんな健康的な生活は無理。私が健康に悪いんじゃなくて、きっと健康が私に悪い。健康から私に歩み寄るべきなんじゃないかな。

……何言ってんだろ、私。

「ありがとうございましたー」

まぁー、とにかく。

私は絶対に運動なんかしないんだから。私だけは不健康の味方。

「……レッスン用の服でもランニングって出来るのかな」

絶対しないいんだから。

◆

「静……？」

ランニング生活二日目の早朝。

マンションの外に出てみると、なんと運動出来そうな服装に身を包んだ静が遠慮がちに立っていた。

静は俺に気が付くと、シューズのつま先をぐりぐりと地面に押し付けながら唇をとがらせる。

「……ちょっとだけ……走ろうかなって」

「おお、一体どういう心境の変化だ？」

昨日、早朝からコンビニの飯を食って寝ていた奴と同一人物とは思えない。静は俺の質問に難しい顔をして答えた。

「んー……なんとなく。たまには走ってみようかなって」

「そっか。まあ何にせよ俺は嬉しいよ。『推し』には健康でいてほしいからな」

「……むへへ」

言わずもがな、静は俺たちの中で群を抜いて不摂生な生活を送っている。太らないからといってイコール健康という訳でもないし、やる気になってくれたのは素直に嬉しい。

そんな訳で静と他愛《たわい》もない話をしていると、ひよりんと真冬《まふゆ》ちゃんがやってきた。ひよりんはお馴染《なじ》みの黄色いパーカー、真冬ちゃんはスポーツ用の薄いTシャツに太ももまでの黒のスパッツという、中々健康的で目を惹《ひ》く格好だった。

「え……ペアルック？」

俺を見た真冬ちゃんがボソッと呟く。

「たまたま被《かぶ》っちゃったんだ。俺もびっくりしてる」

「そ、そうなの！　全然気が付かなかったわよね!?」

真冬ちゃんの鋭い視線に気圧《けお》され、思わず口から出任せが飛び出す。ひよりんも慌てて同調してくれた。まだ運動していないのに、ひよりんの顔はジョギング直後みたいに赤かった。

「…………まあいいわ。それで、静はどうしてここに？」

「見ての通りよ。私も健康に目覚めたの」

腰に両手を当て、偉そうなポーズをする静。

「見るからに寝てなさそうだけれど」

「私は夜行性だから、寧《むし》ろこれが規則正しいのよ」

「へえ、夜行性の人間が存在するとは知らなかったわ」

早朝からこの二人の間には火花が散っている。仲良くなったと思っていたけど、どうやら勘違いだったみたいだな。

「よし、それじゃあ出発しようぜ。ペースは各々で、無理して合わせないように」

「よっしゃ！」

「今日も燃焼するわよ～」

「………………」

静は両手を天高く掲げ、ひよりんは屈伸して膝のストレッチ。真冬ちゃんは感情の籠もっていない瞳で空を見上げている。そんな三人と一緒に「蒼馬《そうま》会・朝の部」がスタートした。


「ぜえ………………はあ………………！　も、もうダメぇ………………！」

糸が切れた人形のように、静がコンクリート舗装の地面に倒れ込む。そのままごろんと寝返りを打って仰向《あおむ》けになると、酸素不足で顔を真っ赤にした静は激しく胸を上下させて呼吸を繰り返した。汗でしっとりと濡《ぬ》れた薄着の女性が呼吸を繰り返すその様は、いくら慎《つつ》ましやかな胸部を持つ静といえどつい見てしまう魅力があった。これがひよりんや真冬ちゃんだったら俺は朝から悶々《もんもん》とした気持ちになっていたに違いない。

「みんなぁ……はぁ……はぁ…………わたしはおいて…………さきにいってぇ…………！」

セリフだけならまるでパニックホラー系の映画に出てくる自己犠牲系ヒロインのようで、つい「お前を置いて行けるかよ！」と駆け寄ってしまいそうになるものの、現実は三分間ランニングしてぶっ倒れただけなので全く心には響かない。

真冬ちゃんは「あなた正気？」とでも言いたげな冷めた視線を送り、ひよりんですら「あはは……」と困った様子で笑っている。まだ後ろを振り返ればスタート地点のマンションが見える位置での出来事だった。

……静が運動不足なのは分かっていたが、まさかここまでとは。生まれたての子鹿ですらもう少し走れると思うぞ。

「置いていけ、ったってなぁ……」

こいつが回復までどれだけの時間を要するのかは分からないが、歩道の真ん中で大の字になっている静はハッキリ言ってめちゃくちゃ通行の邪魔になっていて、このまま置いていくと近隣の住民の迷惑になってしまう事は間違いなかった。さらに言えば、このまま寝てしまうんじゃないかという不安すら頭をよぎる。流石にないとは思うが、こいつのぐうたら加減は何度も俺の予想を超えてきた。

……と、いう訳で。

「流石に置いてはいけないって。静、回復までどれくらいかかりそうなんだ？」

「か、かいふく………？」

静は薄らと目を開け、辛うじて俺に視線を合わせる。もしこれが演技なら今すぐ女優になれるレベルなんだが、残念な事にこいつは本当に三分でぶっ倒れている。

「ちょっと……むりかも…………つかいはたした……」

「マジかよ……」

いくら何でも貧弱過ぎるだろ。普段あれだけ吸収している栄養は一体どこへ消えているんだか。

「そーまくん………さいごに、おねがいがあるんだ……！」

どうやらふざける余裕はあるらしく、静は震える腕をゆっくりと俺に伸ばしてきた。恋愛映画なら手を取って愛を誓い合う感動のシーンだろうが、いかんせん歩道の真ん中ではムードも何もない。観客（真冬ちゃんとひよりん）は冷めきった様子で俺たちを眺めている。演者と観客の間にはかなりの温度差が生じていた。

「お願い？」

「うん……おぶってくれえ…………」

◆

「うひょ～、快適だぜ～！」

脳天の辺りからお気楽な声が聞こえてくる。さっきまで死にそうになっていたのに、静は俺におぶられるや否やすぐに元気を取り戻した。とんだ演技派女優がいたもんだな。

「騒ぐ元気があるなら自分で歩け」

「はあ……はあ……うう、しぬ………」

背中の上で大げさに呻《うめ》く静《しずか》。その度に胸（と思《おぼ》しき場所）やら太ももやらが押し付けられ、俺は心を無にして空を見上げた。夏の空はこの時間でもすっかり青く染まっていて、俺の汚い心を洗い流してくれるようだった。

「お兄ちゃん……それ、走れるの？」

俺が澄み渡る青空に思いを馳《は》せていると、地上では真冬ちゃんがじっとりとした目つきで俺を睨《にら》んでいた。

「無理だな。両手塞がってるし」

俺の両手は、静の太ももをがっちりとホールドしている。丁度手首の辺りに、薄《うっす》らと汗で湿った肌がぴとっと張り付いていて、変に意識してしまった俺は再び空に視線を戻した。抜けるような青空は俺の汚い心を洗い流してくれるようだったが、実際には洗い流していないのかもしれない。

「それじゃあランニングにならないじゃない。静は捨てていった方がいいんじゃないかしら」

「酷《ひど》っ!?　私を足手まといみたいに！」

真冬ちゃんは迷惑そうな視線を隠そうともせず、思い切り俺の背中にぶつける。静も売り言葉に買い言葉で応戦するが、この組み合わせで静が勝った所を俺は見た事がない。とりあえず俺の背中で喧嘩《けんか》するのは止《や》めてほしいな。

「文字通り足手まといじゃない。お兄ちゃんの手足に纏《まと》わりついているのは一体どこの誰？」

「ぐっぬぬぬ……蒼馬くん！　この生意気な女やっちゃって！」

ビシッ！

と、視界の端から静の腕が伸びてきた。その指先は威勢よく真冬ちゃんに向けられている。

「無理だ。手足が塞がっているからな。そもそも今回は完全に真冬ちゃんが正しい」

現状、生意気な女の称号は静にこそ相応《ふさわ》しい。どうしてコイツはへばっておぶってもらっている立場で、真冬ちゃんと喧嘩し俺に命令をしているんだろうか。

「嘘《うそ》でしょ!?　裏切ったの!?」

「裏切ったも何も、そもそも静の味方になった覚えはないぞ。動けないというからおんぶしてやってるだけだ」

「ま、まあまあ。それなら今日はウォーキングでいいんじゃないかしら？　それなら蒼馬くんも大丈夫でしょう？」

静を助けるようにひよりんが割って入ってくる。口喧嘩で劣勢になった静がひよりんに助けられるこの流れは、蒼馬会ではすっかりお馴染みとなっていた。静は一度ひよりんにちゃんとお礼をするべきじゃないか。

「そうしますか。真冬ちゃんもそれでいい？」

「……お兄ちゃんがそう言うなら、私は構わないけれど」

「よーし、じゃあ出発シンコー！」

静の能天気な声を合図に、俺たちは歩き出す。湿った空気はウォーキングするにはとても心地よく、歩く度に身体《からだ》の毒素が抜けていくような爽快感があった。ひよりんや真冬ちゃんも初夏では中々味わえないひんやりとした空気を肌で味わっているのか口を開く事はなく、俺たちは暫《しばら》くの間無言で歩き続けていた。

「………………」

そんな中、俺はずっと「コイツはいつになったら降りるんだ？」と考えていた。余りにも反応がないのでそっと様子を確認してみると……気が付けば静は眠っていた。

コイツは一体何しに来たんだよ。

三十分ほどのウォーキングを終え、俺たちはマンションに帰ってきた。

「いやー、この時間に運動するっていうのも中々いいものだねえ。身体がいい感じに仕上がってる感覚があるよ」

よっ、と軽快な掛け声とともに静が俺の背中から降り、そんな事を言い出す。背中から重荷が消え、身体が羽のように軽くなった。

「お前、それはギャグで言ってるのか？」

「いやいや、しがみついているのもれっきとした運動だよ」

「途中寝てたけどなお前」

訳の分からない理論を展開し、静は自慢げな表情を浮かべる。普段部屋から出ないひきこもり生活をしているコイツからすれば、誰かの背中に乗っているだけでもハードな運動だったりするんだろうか。考えるまでもなくそんな訳はない。コイツは外で睡眠していただけだ。

「でもホント、何だかすっきりした気分よね」

「……確かに。これなら続けてもいいかも」

ひよりんの呟《つぶや》きに真冬《まふゆ》ちゃんが続く。静という重りを背負っていた俺と違い、二人はただ歩いていただけなので汗をかいていたりはしないものの、いい感じに身体のエンジンがかかったみたいだ。

「流石《さすが》にこれくらいじゃ痩せたりはしないでしょうけれど、徐々に負荷をあげていきましょう」

「そうですね。いきなりハードにしても怪我《けが》の元になりますから、それがいいと思います」

「えっ……これよりキツくなるの…………？」

顔を絶望に染める静。お前はまず自分の足で歩く所から始めてくれ。それはきっと人類にとっては小さな一歩だが、静にとっては偉大な一歩のはずだ。

「一応ダイエットが目的だからな………あ、そういえば静ってリンギュフィット持ってたりしないか？　ひよりさんが探してるんだけど、どこも売り切れで手に入らないんだよ」

「リンギュフィット？　うーん……多分部屋のどっかにあると思うよ？　企画で使った時にそのまま貰《もら》ったはずだから」

「本当!?　えっと、それ売ってもらうことって出来るかしら……？」

「絶対に使わないからタダでいいですよ。寧《むし》ろ見たくもないから貰ってくれるとありがたいっていうか……」

「いいの!?　ありがとう静ちゃん！」

ひよりんが静の両手をがしっと摑《つか》む。ひよりんが嬉《うれ》しそうで俺も嬉しい。

「それじゃあ、今日はそろそろ解散するか。明日も同じ時間集合でよろしく」

「はーい」

「うん、お兄ちゃん」

「私は………もういいかなあ…………」

解散と言っても帰る所は同じ。俺たちはぞろぞろとマンションに入り、エレベータに乗り込んだ。

◆

「お、ひよりさんだ。やっぱり普段とキャラ違うねえ。何ていうか…………ハキハキしてる」

静が油淋鶏《ユーリンチー》を頬張りながら俺のスマホを覗《のぞ》きこんでいる。画面の向こうでは毎週恒例のザニマス生放送が流れていて、ひよりんが元気よくタイトルコールをしているところだった。今日はひよりん不在の蒼馬会。

「流石人気声優って感じだよな。それより油淋鶏初めて作ったんだけど、二人とも味はどう？」

「んまい！　お肉さいこー！」

「とても美味《おい》しいよ、お兄ちゃん」

「そっか……良かった。今日は意識して濃いめの味付けにしてみたんだよ。二人ともそっちのほうがいいかなって」

今日のメニューは油淋鶏と中華スープの中華尽くし。今週はずっとヘルシーメニューにしていたんだが、ついに静がブチギレて口から炎を吐きそうになったので止む無くチートデイにしたという訳だった。まあ俺もそろそろ肉が食べたい気分だったから、渡りに船という感じではあった。心なしか真冬ちゃんもいつもより箸が進んでいる気がするし、いい判断だったな。

「いやー、味は濃ければ濃いほどいいとされているからね。私は今日の味付け好きだなー」

「身体には悪いけどな。まあ濃いのが美味《うま》く感じる日もあるのは同意だ」

「私もたまにならこういう日があってもいいかも。ご飯を食べ過ぎちゃうからそこは注意が必要だけれど」

と言いながらも、真冬ちゃんは珍しくご飯をおかわりしていた。つまりはそれだけ今日のご飯を美味しく感じてくれているって事で、じんわりと嬉しさが込み上げてくる。負けじと静もおかわりをし始めるが、こちらはいつもの事なので得に感動はない。いっぱい食べてくれるのは嬉しい事だけどな。

そんなこんなでいつもより少しだけテンションの高い蒼馬《そうま》会を過ごしていると、スマホに大きく『重大発表！』という文字が躍った。つい箸を止め、画面に気を取られてしまう。

「重大発表…………？」

真っ先に思い浮かんだのはアニメ化だった。ザニマスは最近人気が出ているし、アニメ化してもおかしくはない。でもそういうのはライブで発表しそうな気がするんだよな。何となく違う気がする。

となると…………。

「…………まさか」

俺の頭に、これだという答えが一つ浮かんだ。俺はそのヒントを既にひよりんから聞いていたんだ。

『――ライブもあるから、太ってたらどうしようと思っちゃった……』

俺がその答えに辿《たど》り着いたのと同時、画面から勢いよくひよりんの声が響いた。

『なんと――ザニマスサードライブの開催が決まりました――ッ！！！』

◆

「ごめんね。本当はもっと早く教えてあげたかったんだけど、そういう訳にもいかなくて」

「いえいえ、それが普通だと思いますから。それより、またステージでひよりさんが見られるなんて本当に楽しみです！」

俺は生放送を終え帰ってきたひよりんと一緒に食卓を囲んでいた。まださっきの発表の余韻が冷めやらぬ俺は、ついテンションが上がってしまう。ライブというのはそれだけ楽しくて、最高なものなんだ。

「ふふ、蒼馬くんの期待に応えられるようにレッスン頑張るわね」

そう言って俺に微笑《ほほえ》んでくれるひよりんは、控えめに言って天使そのものだった。俺はひよりんを推す為《ため》に生まれてきたのかもしれない、ついそんなことを考えてしまうくらいひよりんは光り輝いていた。

「お、俺も料理とか頑張ります！　何かやってほしい事とかあったら、是非言ってください！」

以前の俺はただライブに参加する事しか出来なくて、やれる事と言ったらグッズを買って少しでも売上に貢献する事くらいだった。

でも、今は違う。

今の俺はひよりんの生活の一部を支えている。直接ザニマスというコンテンツを、そして推しであるひよりんを支える事が出来る。

俺に出来る事なら何でもしたい。そういう気持ちだった。

「何でも……してくれるの？」

ひよりんはビールの入ったグラスを両手で持って、口元を隠すようにしながら聞いてくる。俺の答えは勿論《もちろん》一つだった。

「勿論です！　何でも言ってください！」

「うふふ……ありがとう。それじゃあ、早速お願いしちゃおっかな…………？」

そう言って、ひよりんは怪しく微笑んだ。何故《なぜ》だか凄《すご》く嫌な予感がした。

「蒼馬くん、もう少し強く押しても大丈夫よ？」

「は、はい…………！」

俺の目に映っているのは、白く輝くひよりんのうなじ。どうしてロングヘアーのひよりんのうなじが見えているのかといえば、それはひよりんが長い髪をゴムで纏《まと》めてポニーテールにしているからで、『推し』のポニーテールといえば万病に効く薬だと万葉集だか新古今和歌集にも書いてある。

とりあえず何が言いたいかというと、俺は今、全ての病気が完治したくらいの感動と興奮を覚えていた。

「蒼馬くん？　もうちょっと強くお願い出来るかしら？」

「こ、ここ、こうですか………？」

只《ただ》でさえ平静を保つのが難しいそんな状態で、俺はさらなる困難に身を投じていた。食事を終えたひよりんは俺を自宅に招待すると、唐突にリビングにヨガマットを敷き始めたのだ。そしてその上に座ると、ひよりんは俺にストレッチを手伝ってと頼んできた。そうして、今に至る。

「そうそう、いい感じよ。私、結構柔らかいでしょう？　こうやって胸だって床につくんだから」

「むっ、胸!?　そ、そうですね、柔らかいと思います！」

胸は柔らかいに決まっている。ましてはひよりんなら猶更《なおさら》だ。俺が何度酔っぱらったひよりんからその双丘を押し付けられたと思っている。忘れたくても忘れられないんだ、あの感触は。

「そのまま押さえててね」

「わ、分かりました」

気が付けば、ひよりんは両足を広げ、ぺたっと胸とお腹《なか》をマットにつけていた。凄い、めちゃくちゃ柔らかいなあ、ひよりん。女性は男性より柔らかいっていうけど、これは相当なものだろう。きっと静《しず》かなんか俺より身体《からだ》硬いと思うし。

「………ゴクリ」

俺はひよりんに言われるがままひよりんの背中を両手で押していて、薄いスポーツウェアの下に感じるブラの感触や、その更に下から響く心臓の鼓動がダイレクトに伝わってきた。そのどれもが俺の心を乱そうとして、さっきから頭がおかしくなりそうだった。俺は何故「何でも言ってください」なんて言ってしまったんだろうか。

「ありがとう、もう大丈夫よ」

ひよりんのそんな一言にも、ビクッと身体が反応してしまう。五感を始めとする全身の器官が限りなく鋭敏になっていた。そしてその全てが、物凄い濃度でひよりんを感じとっている。

手を離すと、バネのようにひよりんの上体が起き上がってくる。あと数分でもこうしていたら俺はひよりんを好きになっていただろう。いや、今も好きなんだけどさ。

「次は………太もものストレッチをお願い出来るかしら。私の足を押さえててほしいの」

「足、ですか？」

「あ、もしかして……嫌、かな………？」

しゅん、と悲しい表情を浮かべるひよりん。

「そうよね…………こんなおばさんの足なんて嫌よね…………触りたくないわよね……」

「いやいやいやいや！　ひよりさん待ってください！　俺は一言もそんなこと言ってないですって、ライブの時だってめっちゃ足見てましたもん俺！」

足えっろ、って思ってましたもん俺！

「えっ、あっ…………そ、そうなの…………？」

かぁっと顔を真っ赤に染めるひよりんの姿に、俺は自らの失言を悟った。

「それはそれで恥ずかしいな…………あはは…………」

「あ、あはは…………」

どうする事も出来ず、俺は乾いた笑いを零《こぼ》した。誰か殺してくれ。穴があったら入るから埋めてくれ。

「ええ…………えっと…………どうしよぉ…………？」

ひよりんは体育座りの状態で、守るように両足を抱き抱えた。そして視線だけを俺に送ってくる。

「えっと…………蒼馬くんは…………触りたい、ってことでいいの…………？…………私の、足」

「…………う」

蛇に睨《にら》まれた蛙《かえる》のように————いや、これは魔性のサキュバスだ、そうに違いない。

サキュバスの視線に射貫《いぬ》かれ、俺の身体は完全に固まってしまった。そして頭だけがオーバーヒート気味に回答を計算し始める。

………勿論、否定するべきだ。足を触りたいだなんて、それを認めたら俺は『推し』をそういう目で見る変態だと思われてしまうし、それは俺の意思とも反している。

俺はひよりんの足なんて触りたくないんだよ。本当は触りたいけど、触ったらどうにかなってしまいそうなんだ。俺は健全な大学生だから。

「……えっと」

だけど……否定したらどうなるか、予想出来ない俺ではない。

ひよりんは常日頃から蒼馬会で自分だけ年齢が離れている事を気にしているようで、今だって自分の事をおばさんだと卑下していた。俺からすれば魅力的なお姉さんでしかないんだが、とにかくひよりんは異様に自己評価が低く、自分に自信がないみたいだった。

もし俺がやっぱり触りたくないです、なんて言った日には、ひよりんは地の底まで落ち込んでしまうかもしれない。

――――『推し』を悲しませるなんて事は、絶対にあってはならない。

「さ、触りたいです……！　ひよりんの、足……！」

「あ、あははは………そ、そうなんだ………」

俺の言葉に、ひよりんは更に顔を真っ赤に染めた。でも今は俺も負けないくらい赤くなっている自信があったし、更に言えば心臓の音が世界で一番うるさい自信もあった。今にも口から飛び出ていきそうだ。

「それじゃあ……正面に来てくれるかしら……？」

「わ、分かりました」

俺の身体はまるで魔法に掛かったように、忠実にひよりんの言う事を聞く。今すぐダッシュで逃げ出すべきなのに、気が付けば俺はヨガマットの上でひよりんと向かい合っていた。

「えっと……俺はどうすれば………」

全身の毛穴から汗が噴き出すようだった。けれど実際に見てみれば全くそんなことはなくて、寧《むし》ろ逆に身体は異様なほど冷たかった。『推し』の生足を前にして、身体には天変地異が起きていた。

「えっと……私が仰《あお》向けになるから、蒼馬くんは私の足を押さえていてほしいの。分かるかしら……？」

ひよりんはそう言って仰向けになると、片足だけ膝を曲げて宙に浮かせた。何とも可愛《かわい》らしい足の裏が俺に向けられる。まさか『推し』の足裏を見る事になろうとは夢にも思わなかった。

「足の裏をお腹につけて押さえてもらうんだけど……大丈夫かな………？」

「えっと……こうですか……？」

俺は立て膝になりながら、恐る恐る、本当に恐る恐る前進し……ひよりんの足裏をお腹につける。

そうして『推し』の足裏が俺のお腹を捉えたその瞬間――――とてつもない衝撃が全身を駆け抜けた。

「お、おお……！」

全身の血液がそこに集まっていくような錯覚が俺を襲う。足裏という通常絶対に関わる事のない部位が持つアブノーマル感、そしてまるで『推し』に踏まれているかのような感覚に、開けてはいけない扉が開いてしまいそうになる。

「あ、これ……なんかすっごく恥ずかしい、かも」

ひよりんはひよりんで片足を完全に俺に任せているのがとても恥ずかしいようで、手のひらで口元を隠していた。

恥じらいながら俺を踏む『推し』……何とは言わんが悪くない。

「えっと……これは前に体重をかければいいんですかね？」

「え、ええ。お願い出来るかしら……？」

ひよりんの許可を受け、俺はお腹でひよりんの足を受け止めながら前進していく。とはいえ既に膝は曲がり切っているので、特に前に進めるという事はなくその場でぐぐっと押し戻される。多分、これで合っているはずだが。

「どうですか？」

「あ、うん。いい感じ……かも」

変な空気になっている事はお互い感じ取っているはずで、俺たちはそれから妙に律儀にストレッチをこなした。

辛うじて噛《か》み合っている歯車が少しでもズレてしまえば、おかしな事になってしまう——そんな共通認識がある気がして、何だかひよりんが十年来の戦友のように思えた。

そうしていくつかのストレッチをこなした後、ひよりんはどこかからリンギュフィットを持ってきた。静から貰《もら》った奴《やつ》だろうか。

「本当はこれからリンギュフィットやろうと思ったんだけど……今日は何だか疲れちゃった。また今度手伝ってもらってもいいかな……？」

「……そうですね。俺もそっちの方がありがたいです。またいつでも呼んでください」

呼ばれたら呼ばれたで困るのに、俺はまたそんな事を言ってしまう。

……どうして俺はこんなにもひよりんに弱いんだろうか。

◆

「はああああああ…………っ」

蒼馬《そうま》くんが帰って……私はヨガマットの上に転がり込んだ。穴があったら入りたい気分だったけど、穴がなかったからそうするしかなかった。

「私……また変なコト言っちゃった」

押し寄せるのは……蒼馬くんに気を遣わせてしまった、という強い後悔の波。私が自分の年齢を気にしているせいで、蒼馬くんに無理にフォローさせてヘンな空気になってしまった。

「うー……気にしないようにしてるんだけどなあ……」

蒼馬会で……私だけ二十代後半。もうすぐアラサーだ。

それに比べ蒼馬くんや静ちゃんは二十歳だし、真冬《まふゆ》ちゃんなんてまだ十代。

若い雰囲気に置いていかれないようにって気にしすぎて、それがどうしても裏目に出てしまう時がある。

「蒼馬くん相手だと……何かおかしくなっちゃうんだよなあ……」

そうなのだ。

静ちゃん相手でも、真冬ちゃん相手でも、こうはならない。

……蒼馬くんと話している時だけ、つい弱気になってしまう私がいた。

それは勿論《もちろん》、私のファンと言ってくれている蒼馬くんを幻滅させたくないという思いもあるのだけれど……どうも、それだけじゃないような気もしていて。

「……蒼馬くん、私のことどう思ってるんだろ…………恋愛対象外……だったりするのかな……」

結局は、それが怖いのだった。

蒼馬くんにおばさんだと思われるのが嫌で、ああいう事を言ってしまうのだ。

そんなことないです、って否定してくれるのを期待して、そうしてそれを聞いてホッとする自分がいるのだ。

分かっていても、どうしようもなかった。

「……あれ、私今……何て言った……？」

何だか、自分からとんでもない言葉が飛び出したような。

恋愛対象……って言った……？

「うわあああ…………」

身体が急に熱くなる。居ても立ってもいられなくなって、私はゴロゴロとマットの上を転がった。二、三回転がると、リビングの硬くて冷たい床が私を出迎えてくれる。

「……弟みたいで可愛いなあって、思ってたんだけどなあ」

可愛いだけじゃ……なくなっちゃったかもしれないよ……。

二章　林城静と相合傘

「うわ………マジかよ」

四限の終わり、教授から呼び止められた俺は一時間ほど講義で使う資料作成の手伝いをしていた。それが終わり講義室から出た俺は、窓から外を見て小さく毒づいた。

「予報じゃ降らないって言ってたのになあ」

朝の曇り予報はどこへやら、外はバケツをひっくり返したような大雨だった。今の俺の気持ちみたいな分厚い灰色の雲が空を覆っている。そして通学リュックをひっくり返しても折りたたみ傘は入っていない。はっきり言って………ピンチだ。

大学構内にもコンビニはあるものの、こういう降らない予報なのに大雨になった日はすぐにビニール傘は売り切れてしまう。今から行った所で徒労に終わるだろうし、そもそもコンビニに行く為《ため》には外を経由しなければならない。気合でダッシュするという選択肢は、今の所採用したくないのが本音だった。

「迎えに来てもらうか………？」

スマホで天気を確認すると向こう三時間は降水確率１００％の文字が並んでいて、粘ったところで事態が好転するとは思えなかった。真冬ちゃんも既に帰ってしまっているだろう。迎えに来てもらう相手が女性オンリーな以上、アクションを起こすなら早いに越したことはない。

俺はルインを開き……少し悩んだ末、ひとつの名前をタップした。

◆

梅雨と言えば……そう、相合傘！

と思っていたらもう梅雨も終わりを告げつつあり、世間では梅雨明けだなんだと騒ぎ立ててはいるものの、世界は空前の相合傘チャンス。これを機に蒼馬くんと相合傘しちゃうんだから！

……と、意気込んでいたんだけど。

「そういえば私……全然外出ないんだった……」

典型的インドア派の私は雨が降ってもなんのその。太陽照ってもなんのその。雹《ひょう》が降ろうがお構いなし。何なら一日中カーテンを閉め切っていて、外の天気なんか分かりません。

そんな私に相合傘チャンスなんて訪れる訳もなく。

「……真冬はいいよなー……毎日蒼馬くんと外出出来てさー」

私も大学行けば良かったなあ。そしたら夢のキャンパスライフで蒼馬くんとキャッキャウフフ。目くるめくアバンチュールが私たちを待っていたはずなのに。

「うむむ………このままじゃ梅雨が終わっちゃうよ………」

閉め切ったカーテンを手でちらっと寄せれば、相合傘にはおあつらえ向きの大雨が街並みを濡《ぬ》らしている。きっとこの梅雨最後の雨だ。

「蒼馬くん、傘忘れてたりしないかな………私、すぐに駆けつけるのに」

ていうか………時間を確認して気が付く。蒼馬くん、帰ってくるの遅いなあ。いつもならもう帰ってるはずなのに。もしかして………本当に傘忘れてたりして？

………どうしよう、連絡してみよっかな？

でも、困ってたら向こうから連絡くるよね？

あーでも………私じゃなくて真冬に連絡するのかな。それはなんか嫌だなあ。

いいや、送っちゃえ。

「………おわっ!?」

決心してメッセージを作っていたら、スマホが音を立ててにょきっとトークが生えて来た。

『静《しずか》ごめん、悪いんだけど今から大学来られたりする？　傘忘れて困ってるんだ』

………………

………

来た。

来た来た来た来た来た！！！！！！

『すぐ行きます！！！』

私は超特急で着替えて、家から飛び出した。

傘は…………勿論、一本だけ持って。

◆

「やっほー蒼馬くん！　お待たせぃ！」

「はっや」

待ち合わせに指定した棟の玄関で待っていると、黒パーカー姿の静が小走りで現れた。

まだルインを送ってから三十分ほどしか経《た》っていない。普通に歩いても四十分以上かかるのに、それをこの大雨のなか三十分で…………いくらなんでも早過ぎるだろ。

「家にいた？　早くない？」

「蒼馬くんが寂しがってると思って、ダッシュで来させていただきました！　ほらほら、早く帰ろうぜぃ」

静は俺の背中に回り込んでぎゅうぎゅうと出口に押してくる。見ればパーカーの端々が雨に濡れていた。本当に急いで来てくれたんだな…………

「ありがとな静。マジで助かった。借り一つでいいから」

「いえいえ、いつも蒼馬くんには何から何までやってもらってますから。気になさらないでくださいな」

「それもそうだな。じゃあ借りはナシで」

「いやそれは別問題。ちゃーんと返してもらうから…………覚悟しててね？」

「変な事は却下だからな」

「うんうん。とりあえず…………帰ろ？」

静に押し出されるように俺たちは玄関口までたどり着いた。

「じゃあ静、傘貸してくれ？」

「…………？」

俺の言葉に静は眉をひそめ、訳が分からないという顔をした。その顔をしたいのはこっちなんだけどな。

「いや、だから、傘」

「ないよ？」

「…………なんで？」

「一本しか持ってきてないもん。だから――――」

そう言って、静が外に飛び出していく。

「――ほら、早く入って？」

可愛《かわい》らしい水玉模様の傘を広げて――――こちらに向かって手招きをする。

「…………」

……なんだろうか。

多分吊《つ》り橋《ばし》効果だか、その他の謎の効果のせいだと思うんだが。

雨の中、こちらを向いて微笑《ほほえ》む静が妙に可愛く見えて――――俺は一瞬目を奪われる。

「？　蒼馬《そうま》くんはやくはやく！　わたし濡れちゃうよー？」

「………あ、ああ。今行く」

無邪気に笑う静はきっと、そんな事全く意識してないんだろうが。

――――こうして俺は、生まれて初めての相合傘をするのだった。

「蒼馬くん、そっち大丈夫？　濡れてない？」

「こっちは大丈夫だけど、そっちは？」

「私は大丈夫！　それに濡れても、水も滴るいい女になるだけだしね」

「意味分からん………」

静が持ってきた傘は女性用しては比較的大きいタイプではあったんだが、いかんせんふたりで入るには小さくて、俺たちは少しずつ片方の肩を濡らし合いながら駅への道を歩いていた。

傘は静が持ってくれていたんだが、俺の方が身長が高いため静は傘を高い位置で保たねばならず、割と大変そうだった。

「傘、俺持つよ」

「でも…………」

「いいから。大変だろ持つの」

持ち手の空き部分を握ると、静は遠慮がちに手を離した。

「…………ありがと」

「いいって。折角来てもらったんだしこれくらいはやらんとな」

静が濡れないように微妙に傘の位置を寄せつつ歩いていると、雨の音に紛れ静の小さな息遣いが聞こえて来て、なんだか世界に俺たち二人しかいないんじゃないかって錯覚に襲われた。

…………仕方ないだろ。相合傘初めてなんだよ。ちょっと柄にもなくドキドキしてるんだよ。

「…………」

ちらっと隣を盗み見ると、静は何やら思慮深げな顔をしていた。いつもみたいに騒いでくれれば、俺も変にドキドキしないで済むってのに。なんでこういう時ばかり真面目な顔をしてるんだよ。ほら、いつものように騒いで場を茶化してくれよ。

「――――私さ」

「ん？」

歩行者用の信号がちょうど赤に変わり、足を止めた時だった。それまで黙っていた静が、視線を前方に向けたまま唐突に話し出した。

「そういえば…………男の子と相合傘するの、初めてかも」

「っ…………そうか」

相合傘だなんだと青春染みた事を考えているのは俺だけだと思っていたから、静の口からその言葉が出た事に面食らった。

「蒼馬くんは？　女の子と相合傘した事、ある？　例えば……真冬《まふゆ》とか」

静は依然、視線を横断歩道の向こうに固定したままだ。視線の先には一体なにがあるんだろう。一体何を見ながらこんな事を話しているんだろう。その横顔は嘘《うそ》みたいに清々《すがすが》しくて、焦っている様子は全く感じられない。俺は視界に映るものに意識を向ける余裕なんてないってのに。俺だけドキドキして、なんだかバカみたいだった。

相手は静だぞ？

何をドキドキする事があるってんだ。

頭では分かってるのにな。

「…………ない。俺も今が初めてだ」

「そっか。じゃあ、初めて同士だね」

「…………」

絶対静じゃないだろお前。一体誰なんだ、真の姿を現せ。

俺はついに静に視線を向けるのも難しい精神状態になり、ただ無心で傘を伝い落ちる雨粒を注視していた。雨が降って空気は冷えているのに、静側の頬だけやたら熱かった。

「蒼馬くん、青になったよ?」

「…………おう」

…………俺は大学の立地を初めて呪った。

お金あるんだからもっと駅近くに作ってくれ。

このままじゃ…………何かヤバいって。

◆

あーヤバいヤバいヤバい!

私今、蒼馬くんと相合傘しちゃってるよ!?

どうしよおおおお隣見れないんだけど!?

「…………」

…………待って待って、本当にヤバい。思った以上の破壊力。相合傘ってこんなに近くに蒼馬くんを感じるの!?

どうしようどうしよう、何か頭の中真っ白になってきちゃった。

「…………」

…………ダメ、落ち着きなさい林城《りんじょう》静。あなたいつも焦ってポカするでしょう。今回ばかりは逃せない、千載一遇のチャンスなんだから。まずは深呼吸。そして頭の中で念仏を唱えるのよ。

はんにゃーはらなんとかー。しょうけんなんとかー。なんとかぼさつー。

……………ふう、何とか落ち着いてきたかも。

とりあえず蒼馬くんをチラ見出来るくらいには落ち着いたから、早速横顔を盗み見る事にした。

「蒼馬くん、そっち大丈夫？　濡れてない？」

「こっちは大丈夫だけど、そっちは？」

「私は大丈夫！　それに濡れても、水も滴るいい女になるだけだしね」

「意味分からん…………」

ホントに意味分からない事言っちゃった。やっぱりまだ頭回ってないみたい。

私が持ってきた傘はやっぱり二人で入るには小さくて、本当はちょっと肩がはみ出していたんだけど、蒼馬くんが濡れるよりは私が濡れた方がマシだった。咄嗟《とっさ》に嘘をつけた自分を褒めてあげたい。

「傘、俺持つよ」

「でも…………」

「いいから。大変だろ持つの」

そう言うと、蒼馬くんが無理やり傘の持ち手を握ってきて、私は手を離してしまう。手が触れ合いそうになってびっくりしちゃったんだ。

「…………ありがと」

「いいって。折角来てもらったんだしこれくらいはやらんとな」

あの、一ついいですか？

……………蒼馬くん、かっこよすぎじゃない!?

え、なに、その男らしさ溢《あふ》れる立ち回り!?

私をどうしちゃいたいの。本当に。

「…………」

私は胸から飛び出しそうな心臓を落ち着かせるため、必死に心を無にして歩く事にした。そうしないと鼓動が苦しいくらいだった。

「…………」

今蒼馬くんの顔を見たらおかしくなっちゃいそうで、必死に視線は前方で固定した。見てはいるけどなにも頭に入っていないような、そんな状態だった。

「…………」

私が押し黙っているからか、それとも私と話す事なんかないのか分からないけど、蒼馬くんも黙ったままだった。だから私たちは無言で駅までの道を歩いていた。

けれど、赤信号に捕まって、気まずさに耐えられなくなった私は無計画に口を開いてしまった。

「――――私さ」

「ん？」

蒼馬くんがびっくりしたように短い相槌《あいづち》を打つ。私、今から何言うんだろ。自分でも分からなかった。

「そういえば…………男の子と相合傘するの、初めてかも」

「っ…………そうか」

ちょーっ!?

何言ってるの私!?

確かに相合傘の事で頭一杯だったけど。無心になろうと思っても全然出来なかったけど！

でも、ホントに何言っちゃってるの!?

「蒼馬くんは？　女の子と相合傘したこと、ある？　例えば……真冬とか」

ああもう…………私が私じゃないみたい。窮鼠《きゅうそ》猫を噛《か》むじゃないけど、あまりのロマンスに心が追い詰められ過ぎて、逆に何でも言える感じになっちゃったみたい。もうどうにでもなれ。

私は、私じゃないみたいな私に全て任せる事にした。どうせ今から軌道修正なんて出来ないんだ。

「…………ない。俺も今が初めてだ」

「そっか。じゃあ、初めて同士だね」

…………え、これもしかして、キ、きききキスとかしちゃう流れ!?

え、どうしよう。流石《さすが》に心の準備出来てないよ!?

嬉《うれ》しいけども!

そんな慌てる半分の私を尻目に、信号が青に変わった。

「蒼馬くん、青になったよ?」

「……………おう」

残った半分の冷静な私が、思ってもいない事を口にするのだった。

◆

永遠にも感じられた二十分足らずの間、俺たちは無言で電車に揺られていた。最寄り駅に降り立ち、改札を抜け、空を見上げると、雨は変わらず強く降りしきっている。傘を開くと、空いたスペースに静《しずか》がぴょこっと飛び込んできた。傘の中は相変わらず狭く、俺はまた静かに肩を濡《ぬ》らした。

「あのさ、スーパー寄っていい?」

別に緊張する間柄でもないのに、暫《しばら》くの間無言だったからか妙に緊張しながら俺は静に声を掛けた。

「すーぱー!?　あ、うん、いいよいいよっ！」

静はまさか声を掛けられるとは思っていなかったのか、慌てふためきながら首を縦に振った。

「悪いな、夜飯の材料買わないといけなくて」

「ああ、うん、そうだよね。寧《むし》ろいつも買い物も任せちゃってごめんなさいだよ」

「いいよ。自分で買い物した方が色々楽だしさ」

俺たちはどちらからともなく歩き出した。静はさっきまでの人が変わったような雰囲気ではなく、よく知っているいつもの感じに戻っているみたいだった。まあ、人が変わったようなってのも俺が勝手にそう思っているだけかもしれないけど。

「蒼馬《そうま》くん、今日の夜ご飯なに？」

「今日は豚が安かったから適当に肉野菜炒《いた》めかなあ。あんまり時間もないし」

「お、いいねーお肉！　わたしゃーお肉が大好きだよ」

「っ…………そうか」

お肉ね。お肉が大好きね。把握。

「…………？　蒼馬くん、それ肩濡れてない？　気付いたら傘めっちゃこっちに寄ってるし」

「ん、あー、ほんとだ。いつの間にか濡れてたわ」

気付かれたか……出来ればバレずに家までたどり着きたかったんだが。

「ほら、もうちょっとそっちに寄せなさいよ。私濡れてもいいように透けないパーカーで来てるんだから」

静が傘を持っている俺の手をぐいっと押し込んでくる。お陰で俺は濡れなくなったんだが、その代わりみるみるうちに静の肩が雨に晒《さら》されていく。

「……いや、いいって。お前風邪引いたらどうすんだよ」

俺は傘を静側に寄せなおした。俺の肩は既に思いっきり濡れていて、今更濡れなくなっても意味ないしな。

「蒼馬くんが風邪引いたらどうするのよ。私は水も滴るいい女になるからいいの！」

「訳わからん事言うなって。俺は身体《からだ》強いから大丈夫なんだよ」

「私だって身体強いわよ！　蒼馬くんはあのゴミ屋敷で生活出来るわけ!?」

「いや……それは……今は関係ないだろ」

静が両手で俺の手を摑《つか》み、無理やり傘を押し込んでくる。俺はそれを押し返す。傘はぐわんぐわん揺れ、もはや正しい位置を全くキープしていない。濡れていなかった部分までどんどん濡れていく。

「しっ、静、とりあえず落ち着け！　このままじゃふたりともズブ濡れだ！」

「それもそうか……」

凄《すご》い勢いで身体が濡れていくのを静も感じていたんだろう、俺の呼びかけに大人しく従ってくれた。

「…………でも、本当に止《や》めてよね。これで蒼馬くんに風邪でも引かれたらすっごく嫌な気持ちになるもん」

「元はと言えばお前が傘を一本しか持ってこなかったせい…………いや、それを言ったら傘を持って出なかった俺の責任か…………」

静がいなければ俺はまだ大学に缶詰になっていたか、それとも全身びしょ濡れになっていたか。兎《と》に角《かく》わざわざ来てくれた静を悪く思うのは、筋違いもいいところだ。

「だからさ、俺の気持ちも分かってくれよ。これで静に風邪引かれたら俺もめっちゃ責任感じるんだって」

「う～…………」

全く納得していない静の声。こうしているうちにも静の肩は雨に濡れていく。

ああもう、大人しく傘の中に入ってくれ！

「…………分かった。二人とも濡れなければいいんでしょ…………」

不貞腐《ふてくさ》れたように唇を尖《とが》らせて静が呟《つぶや》く。

「いや…………無理だろ。この傘じゃどうやってもふたりは入らないって」

俺も静も細い方だけど、それでも精々1．8人分くらいのスペースしかない。二人とも濡れないようにするには、それこそくっついて歩くくらいしか—— っておい、まさか。

「…………こ、こうすれば…………二人とも濡れないわよ…………？」

静が俺の二の腕をぎゅっと掴んで、身体を密着させてきた。突然の事に俺の身体は完全に硬直し、静と触れている部分に全神経が集中する。

「…………っ、絶対こっち見ないでよね…………！…………仕方なくなんだから！」

「お、おう…………！　そうだよな、濡れない為《ため》には仕方ないよなっ！　よ、よしさっさとスーパー行こうぜ！」

俺たちはスーパーへ急いだ。とはいえ完全に密着しているせいで、繋《つな》がれていないないだけの二人三脚のような状態になってしまい、なかなかスピードが出ない。一刻も早く静と離れたいような、ずっと離れたくないような、訳の分からないメンタルのまま歩道を歩いていた。今の俺たちを見て他の人たちはどう思うのだろう。カップル以外の何かに見えるだろうか。深く考えると戻れなくなる気がした。

寒いんだか暑いんだかよく分からないまま、俺たちはなんとかスーパーの近くまで辿《たど》り着いた。自分でも意外なほど、ほっとした。相合傘しながら密着するというのは、手を繋ぐのとは比較にならないほど俺の心を揺さぶっていたらしい。俺はやっと少し気を抜く事が出来た。多分静も同じなんじゃなかろうか。

――――そんな時。

「きゃっ⁉」

「うおっ！」

「っ…………！」

大型トラックが猛スピードで俺たちの横を走り抜け、跳ね上げられた水しぶきが俺たちの下半身を絶望的なほど濡らした。

……………もう、びしょびしょのびしょびしょである。

「…………」

「…………」

「…………ふふっ」

「…………はは…………」

俺たちはくっついてから初めて――――あるいは相合傘をしてから初めて、顔を見合わせた。

じっ…………とこちらを見つめる静の真顔が、ゆっくりと崩れていく。

「…………ふふっ…………あははっ…………あはははははっ！」

「ははっ…………はははははっ！」

…………ふたりともおかしくなっていたんだろう。

俺たちは大雨の中、暫くの間笑いあっていた。

◆

「ア…………アア…………」

ゲームに登場する化け物みたいな掠《かす》れ声《ごえ》が、ゴミだらけの部屋に小さく響く。

目が覚めると、身体が私の物じゃなくなっていた。いつものように上半身を起こそうとしても身体はピクリとも動かない。なんとか頭だけでも起こそうとして――――。

「痛っ…………」

――あまりの痛みに枕へと不時着する。ポスン、という乾いた音だけが部屋にこだました。

これは…………。

「…………風邪引いた……」

え、どうしよう。私死んじゃうのかな…………？

◆

「ほら、だから言っただろ風邪引くって」

「ごめん…………」

朝起きたら静から「タスケテ…………」とルインが入っていた。

また何かふざけた事でも企《たくら》んでるのかと疑いながらも合鍵を使って訪ねてみた所…………静はベッドから半分ずり落ち、床に散らばるスナック菓子のゴミに顔を突っ込んだ状態で活動を停止していた。

「何をしてるんだ」と聞いたところ、静は虚《うつ》ろな声で「スナック菓子の袋の内側に残った、僅かな塩分を舐《な》めとりながら何とか生き永らえていた」というような事を途切れ途切れに答えた。妖怪か何かだろうか。

　結論から言えば静は妖怪になってしまった訳ではなく、発熱のため頭がおかしくなっていただけだった。俺は急いで静をベッドに引き上げ、濡れタオルをおでこに載せたのだった。

「うへへ…………ひんやり…………」

　静はにへらっと笑っているが、顔は赤く、頬には汗が伝っている。

「…………」

　チラッとスマホを確認する。

…………そろそろ大学に行く準備をしなければならない時間だ。放置していっても大丈夫か、何とも判断がつかない状態だった。

「静、食欲あるか？　林檎《りんご》くらいならあるけど」

「…………たべる……」

「分かった。ちょっと待ってろ」

　俺は急いで自分の家に戻り、林檎を一口サイズに切り分け、適当な皿に載せ戻った。部屋に戻ると、おでこに載せたはずのタオルが何故《なぜ》か鼻と口に移動していて、静が苦しそうに唸《うな》っていた。タオルをおでこに載せなおすと「ぷはっ」と勢いよく静が呼吸をした。

「死ぬかと……思った……」

「なんでタオル移動してんだ。暴れただろ」

「なんか痒《かゆ》くて……」

「横着するからそうなるんだ。ほれ、林檎食えるか？」

俺は爪楊枝《つまようじ》に刺した林檎を静《しずか》の口元に持っていった。すると静の瞳がゆっくりと林檎を捉え、子供の頃に飼っていたミドリガメのような動作でぱくっと飲み込んだ。不謹慎だが、何だか面白い。

「……食べづらい……」

「あ、寝そべってるからか。起きるか？」

「うん……」

静が僅かに頷《うなず》く。俺は静の背中とベッドの間に腕を差し入れ上半身を持ち上げると、ベッドにもたれさせた。

壁に後頭部をつけた静が、ぼーっと虚空を見つめた後、緩やかな動作で頭ごと俺の方に視線を移した。俺と目が合ったのを認識すると、ぎこちなく顔を綻ばせる。

「……蒼馬くん……おはよう」

「おはよう。元気か？」

「……んー……あんまり」

「そうだろうな。まあ林檎食べろって」

「うん………」

それから俺は、林檎をひたすら静の口元に運ぶ作業に従事した。もにゅもにゅと林檎をのみ込む静は、申し訳ないんだがやはり亀みたいで面白い。静は一応食欲はあるみたいで、気が付けば皿の上は空になっていた。

「ありがと………」

「いいって、半分くらいは俺のせいみたいな所あるし………ほら、薬用意したから飲んでくれ」

俺は家から持ってきていた風邪薬とペットボトルの水を静に手渡した。しかし静はぼーっとするばかりで受け取ろうとしない。仕方なく風邪薬の錠剤を静の手に載せると、そこで気が付いたのか薬を飲み込んでくれた。けれど何故か唾で飲み込もうとするので慌ててペットボトルを手渡す。まるで手のかかる子供のようだった。

「………よし、寝かせるからな」

さっきとは逆の動きで静をベッドに寝かせ、タオルをおでこに載せなおす。スマホを確認すると、そろそろリミットだった。真冬《まふゆ》ちゃんから「どこに居るの？」と連絡が来ていた。時間になっても俺が出てこないから、家を訪ねて来たんだろう。合鍵は今真冬ちゃんが持ってるんだな。

「………静、一人で大丈夫か？」

ダメというのなら今日は大学は休もう。静と大学では、どちらの方が大事なのか考えるまでもない。

「……だいじょうぶ……ねるから……」

静の寝顔はさっきより大分安らかになっている気がした。流石《さすが》にまだ薬は効いていないと思うが、林檎と水が良かったのかな。咳《せき》などもしていないし、脇に挟んでいた温度計も何とか微熱で収まっている。これならひとりでも大丈夫そうではあるか。

「そうか。一応昼に様子見に来るから、欲しいものあったらルインしてくれ」

「……分かった……」

静が小さく寝息を立て始めたのを確認し、俺は部屋を後にした。

「――いかないで」

後ろ髪を引かれるようにそんな声が聞こえた気がしたが、既にドアは閉じた後だったし、さっきの様子から静に声を張れるとも思えない。きっと俺の不安な気持ちがもたらした思い込みだろう。

「……げっ」

エントランスに出ると、丁度俺の家から出て来た真冬ちゃんと目が合った。

「……へえ」

真冬ちゃんは静の家から出て来た俺を見るや、瞳にどす黒い暗黒を湛《たた》えた。

……第二回戦開始を告げるゴングが鳴った気がしたが、多分こっちは幻聴じゃない。

「あの…………真冬……サン…………？」

真夏の太陽のような…………というのとはまた違う、じっとりとした中にも重い冷たさを感じる真冬ちゃんの視線が、俺を縫い付ける。

「…………あの…………講義…………遅れちゃう…………よ…………？」

得体の知れない悪寒に震えそうになる身体《からだ》を押さえつけ、決して真冬ちゃんから視線を外さないようにしながら、ゆっくりと手探りで静の家の鍵を閉める。気分はあの有名なジュラシック映画。恐竜を刺激しないように少しずつドアににじり寄る、あの緊迫感が脳裏に蘇《よみがえ》った。

手元の方からカチン、という軽い金属音がする。俺はゆっくりと合鍵を引き抜いてポケットにしまった。その間も視線は真冬ちゃんから外さない。いや、外す事が出来なかった。蛇に睨《にら》まれた蛙《かえる》のように、動かす事が出来ない。

「…………朝から」

「っ!?」

真冬ちゃんがようやく口を開き、俺は肩を震わせた。

……どうして俺はこんなに真冬ちゃんにビビってるんだろうか。何故か本能が真冬ちゃんに恐怖していた。

「…………朝から、何してたの。静の家で」

ちら、と静の家のドアの方へ視線を向ける真冬ちゃん。なんでそんな暗殺者みたいな目をしているんだよ。

「まさかとは思うけれど…………夜からいた、とか言わないわよね」

「…………ぁ」

声を出そうとして——喉がカラカラになっている事に気が付く。

なんだよこれ、一体なんなんだ。どうしてこんなに怖いんだ。

「どうして黙ってるの？　まさか本当に——」

違う、違うんだって！

緊張して声が出ないだけなんだよ！

俺は必死に首を横に振ってアピールした。真冬ちゃんはそんな俺を、まるで地獄に落ちた罪人の命乞いを眺める閻魔《えんま》大王のようにじっと眺めている。

閻魔大王様は俺の命乞いを見飽きたのか、それとも判決が既に決まっているのか、すっと視線を外した。寝間着姿の俺の全身を、顔を動かさず目線だけで睨《ね》めつけていく。

「…………話は署で聞くから。とりあえず着替えたら？」

…………一体何署なんだろうか。俺は身を震わせながら真冬ちゃんの横を通り、自宅に避難した。

静が風邪を引いただけだとは伝えたものの真冬ちゃんはずっと怖い目をしたままで、俺は二つ年下の幼馴染《おさななじみ》に恐れ慄《おのの》きながら大学への道のりを踏破した。去り際に「今晩じっくり話し合いましょう」と半ば強制的に約束を交わされ、俺は何とか生き延びる事が出来たのだった。

そんなこんなで静の体調と、真冬ちゃんの事を考えながら午前の講義を聞き流しているとすっかり昼になっていた。俺は急いで大学を後にし静の家へ向かった。因《ちな》みに静からのルインは無かった。寝ているんだろうか。

「………」

静の家の前で俺は悩んでいた。

悩んだ末、合鍵を使う事にした。インターホンを使用した場合、もし寝ていたら起こしてしまうからだ。極力音を立てないようにゆっくりとドアノブを回し、静の家にお邪魔する。カーテンの閉め切られたリビングは薄暗く、ゴミだらけの部屋は天然の地雷原と化していた。そろそろ掃除しないとな………。

何とか地雷原を切り抜け寝室の前まで到着すると、俺は細心の注意を払ってドアを開けた。

………俺は一つ思い違いをしていた。地雷原は、この先にあったのだ。

ドアを開けると、静はベッドから上半身を起き上がらせていた。勝手に開いたドアを、そしてそこから出て来た俺を、不思議そうに見つめている。

――――上半身裸で。

「きゃあぁぁあああああっ!?」

「うわっ!?　うわわわわっ!?」

まさかの肌色出現に俺の脳は一瞬で機能停止した。

――――人間は脳の許容量を超える出来事に直面すると、身体が動かなくなるらしい。

今朝に引き続き俺はその事を身をもって体感した。

今すぐ立ち去るべきなのは分かっている。目を逸《そ》らすべきなのは理解している。なのに、身体は鉛のように重く俺の言う事を聞かない。

事実だけを羅列するなら――俺は一糸まとわぬ姿の静を凝視していた、ということになる。

「――――出てけッ!!!!」

「あグッ!!」

顔面に何かが投げつけられ――――よく感じれば（見れば、ではない）それは汗びっしょりのパジャマとブラジャーだった――――俺は後ろに倒れ込むように寝室から弾《はじ》き出された。慌ててドアに駆け寄る。

「わっ、悪かった!　まさか着替えてるとは思わなかったんだ!」

「いいからほっといてっ!　絶対入らないでよ!?」

「わわ、分かってる!………本当にすまん」

謝罪するも、取り付く島もない。

どうする事も出来ず暫《しばら》く立ち尽くした後、俺は投げつけられた衣類を洗濯カゴに入れ、ついでにリビングの掃除を始めた。週に一回掃除しているというのに、どうしてこうも汚くする事が出来るのか。掃除好きは才能と言うが、汚くする事こそ才能なのではないか。

「あー、また脱ぎっぱなしにして…………」

床に散らばるパジャマを拾い集めながら、つい愚痴が漏れる。一応静にも羞恥心の類《たぐい》はあったらしく下着は自分で洗濯カゴに入れるようになった。それは成長だ。

しかし、折角教えてやったのに洗濯は自分でやろうとしないので、結局俺に下着を触らせている事に静はまだ気が付いていない。いや、冷静に考えたら分かる事ではあるんだが、静の頭の中では洗濯カゴにいれたら後は自動で畳まれた状態で返ってくる事になっている。実家暮らしの奴《やつ》は、時にそういう思考に陥る場合があるらしい。もし静がその事に気が付いたら俺は怒られるんだろうか。怒られたら、その時は労基に駆けこもうと思っている。

衣類をあらかた片付け終え、次にゴミを拾い集めていく。一人暮らしの娘が風邪を引いたタイミングで看病と部屋の掃除をするその姿は、どこからどう見てもお母さんそのものかもしれないが、最近は否定する気にもならない。俺は静のもうひとりのお母さんなのかもしれない。静の血や肉は、今となっては俺が作ったもので出来ているようなものだし。

ごみ袋を二つほどパンパンにしたあたりで、見違えるほどリビングが綺麗《きれい》になった。果たしてこの状態は一体何日保たれるのか。一日か、それとも二日か。この部屋にカメラを設置して、汚染されていく様を確認したいくらいには気になった。これ以上ヘンタイだと勘違いされたくないので提案しないが。

「ゴミは………ゴミはないか………？」

やる事が無くなったとはいえ、帰る訳にもいかない。俺は静《しずか》の体調を確認しに来たんだ。しかし、声をかけられる空気ではない事は俺にもわかる。俺は手持ち無沙汰になり更なる汚染を求めたが、今だけは自分の掃除スキルが憎らしい。リビングにはホコリ一つ落ちていなかった。

「どうする………洗濯もしちまうか………？」

この家の洗濯機は最新のドラム式のため、ボタンを押したらそのまま乾燥までやってくれる。濡《ぬ》れたまま放置されるという事はないから、昼休みのうちに仕掛けておいても問題はないのだった。

「………ん？」

頭の中が洗濯に傾こうとしていたその時、寝室の方から物音がした。何かが崩れるようなアクシデントの音だ。

「静、大丈夫か!?」

ドアの前から声を掛けるが………反応はない。

何かあったのならすぐ助けに入りたい。けれど、また勝手に入ったら怒られるかもしれない。返事が無いのは俺と口を利きたくないだけかもしれない。だが静がぶっ倒れていたらどうするんだ。

……頭の中で天使と悪魔ならぬ、天使と天使が戦っていた。その勝敗はすぐに着いた。

天使の勝利だ。

「静、入るぞ──────！」

寝室に飛び込むと────静はゴミで溢《あふ》れた床の上に倒れていた。裸だった上半身は今はパジャマで隠れている。汗が滲《にじ》んだおでこに手を当ててみると朝より熱い。薬が効かなかったのか？

「────おい、大丈夫か!?」

「……………うー……………怒ったら……………熱上がった………………」

静は途切れ途切れに呟《つぶや》いた。俺のせいでこうなっちまったって言うのか。

「静、分かったから喋《しゃべ》るな。とりあえずベッドに運ぶからな」

静の華奢《きゃしゃ》な身体を持ち上げてゆっくりとベッドに寝かせる。ベッドの上に戻しても当然だが元気になることはなく、静は辛《つら》そうに口で息をしている。俺は洗面所で濡れタオルを用意し、静の顔を優しく拭いていった。それくらいしか出来る事が思いつかなかった。

「静、病院いくか？」

「……………だいじょうぶ……………そこまでじゃ、ないから…………」

頬を赤く染め、苦しそうに胸を小さく上下させている静は見ている分にはとても辛そうだが、本人がそう言うならそうなんだろう。そう思うしかない。となれば今、俺に出来る事は一体なんだ？

「……………俺、コンビニで色々買ってくるよ」

ゼリー型飲料とか、スポーツドリンクとか、多少無理やりにでも飲ませた方がいいような気がした。この状態の静をひとりにするのは不安だがコンビニはすぐそこだ。五分もあれば往復出来る。

席を外そうと立ち上がったその時——静の手が、震えながら俺の服の裾をつまんだ。

「ここにいて………」

「あ、ああ」

静に懇願され、俺はベッド傍《そば》に置いた椅子に座り直した。

………一人暮らしを始めてから、初めて風邪を引いた時の事を思い出す。暗い部屋でひとり耐え忍びながら感じたのは、どうしようもないほどの孤独だった。とにかく誰かに傍にいてほしかった。このまま、誰にも知られずに死んでしまうんじゃないか、そんなことすら思った。静が今、あの時の俺と同じ気持ちだというのなら、静の傍にいてやりたいと思う。

服をつまんでいる静の手を優しく解《ほど》き、両手で包む。

「傍にいてやるから、心配すんな」

「………うん……」

こういうのも病は気からというのか分からないが、きっと安心したんだろう、静は先程より少し楽そうにしていた。少なくとも苦しそうに口で呼吸をするようなのはなくなった。

「………そうまくんさ……」

「なんだ？」

静が瞼《まぶた》を開き、目線だけで俺を見た。やはりまだ辛いらしく、その途中で小さく顔を歪《ゆが》める。

「………せきにん、とってよね…………はだか、みたんだから………」

「うっ………」

忘れてはくれないか………とはいえ、どう責任ってとれって言うんだよ。俺も裸を見せればいいのか？

多分、もっとダメになる気がする。

「いや、責任って言われても………」

俺は困惑し情けない声を出した。そんな時。

「――へえ。面白い会話してるじゃない」

「ッ!?」

氷の刃のような声が背中に突き刺さり、俺は恐怖に肩を震わせた。

「ま、真冬《まふゆ》ちゃん………？」

振り返ればそこには――何故《なぜ》か笑顔の真冬ちゃんが立っているのだった。

「お昼休み食堂にいないから、まさかと思って来てみれば――――随分、面白い事になっているわね？」

「…………とりあえず、私がコンビニに行くわ。何買ってくればいいの？」

ベッドに横になり寝息をたてている静をチラッと見た後、真冬ちゃんが口を開いた。静は丁度寝入ってしまったらしく、いつの間にか目を閉じていた。タイミングがいいのやら悪いのやら。

突然の登場に面食らいながらもスポーツドリンクやらゼリー型飲料やらプリンやら欲しいものを伝えると、真冬ちゃんは五分ほどで帰ってきた。

「冷蔵庫に入れておくから」

「あ、ああ…………ありがとう、助かった」

先程の真冬ちゃんからは何やら殺気のようなものまで感じたのだが、どうやら勘違いだったらしい。俺は気付かれないように胸を撫《な》で下ろした。

「…………何これ。どんな生活してるのよ」

リビングからは呆《あき》れたような真冬ちゃんの声。直前に冷蔵庫のドアを開ける音が聞こえたから、きっと中身が凄《すご》い事になっているんだろう。そういえば静の冷蔵庫を開けた事はなかった。一体何が入っているんだろうか。

しばらく冷蔵庫に物を入れる音だけが響いて、その後真冬ちゃんの足音が近づき、やがて背後で止まった。

急に現れた時はびっくりしたけど……来てくれて助かったな。風邪を引いたというのは伝えていたから、きっと心配して様子を見に来たんだろう。普段は喧嘩《けんか》ばかりしている印象がある静と真冬ちゃんだけど、本当はお互い憎からず思っている事には最近気が付いた。喧嘩するほど仲が良いという言葉もある。俺はなんだかほっこりした気持ちになった。

「ところで——さっきの話だけれど」

「ひッ……!?」

一気に氷点下まで冷え切るような真冬ちゃんの声に、思わず息が漏れる。

——背中に、暗殺者が立っている。そんな錯覚に陥った。

「勿論《もちろん》私は発熱者の妄言だと思っているんだけれど……裸を見たって、どういう事かな？……お兄ちゃん？」

先程綺麗に掃除したばかりのリビングで、俺は床に膝をつけ、握りこぶしを太ももの上に揃《そろ》えていた。ははは、掃除しておいて良かったなあ。お陰で正座がしやすい。ゴミが落ちてたら正座出来ないもんなあ。ははは。

「……本当に偶然なんです……」

スマホを確認する事は出来ないが……とうに大学の昼休みは終了しているだろう。

そう確信出来るくらいの時間、俺は真冬ちゃんの前でこうしていた。足はもうとっくに痺《しび》れていて、そろそろ涙が出そうだった。

「お兄ちゃん、さっきから言ってるよね？　偶然かどうかなんて………関係ないんだよ？」

怖い。

すっかり二人きりモードになった真冬ちゃんの甘ったるい声が、今だけは何故だか震えるほど怖かった。怒っているはずなのに何故か笑顔なのも怖すぎる。まだいつもの真顔で怒られた方がマシだと思えた。

「反省してます………」

しかし、悲しい事に理は真冬ちゃんにあるのだった。事情はどうあれ女の子の裸を見てしまった。そこに偶然かどうかなんて関係あるはずがない。ノックもなしに部屋に入ってしまったのは、間違いなく俺の落ち度だった。そうしてその事について考えるたびに浮かび上がってくる静の裸を、俺は必死に思考の片隅に追いやった。

当然ながら女の子の裸なんて見たのは初めてで、いや、もしかしたら小さい頃に真冬ちゃんと一緒にお風呂に入ったような記憶がないでもないんだが、少なくとも明確に男女の性別について意識してからは初めての事だった。

さっきは病人が目の前にいたからその事について意識せずに済んでいたけど、こうして少し時間を置いてしまえば、それはそれは衝撃的な映像だったんだ。二十歳の男には衝撃が強すぎた。いや、もう、だから考えるな。あの肌色を記憶から消さないと、俺は静の顔をまともに見られなくなってしまう。

「お兄ちゃんが昔、お風呂で私に言ってくれた事………覚えてる？」

「俺が真冬ちゃんに言った事………？」

お風呂に入ったあのおぼろげな記憶は、やはり現実だったのか。そして残念ながらお風呂に入った事すら薄《うっす》らとしか覚えてないのだから、そこでした会話など全く記憶にない。

俺は一体何を言ったんだ………？

「………ごめん、覚えてないかも」

「そっか。でも、そうだと思ってた。あのね、お兄ちゃんはこう言ったんだよ――大人になったら、私と結婚してくれるって」

「ええ………？」

言ったか………？

いやまあ覚えてはないから言ってないとも言い切れないんだが、少なくとも当時の俺は真冬ちゃんに恋愛感情は抱いていなかった。妹のように思っていたんだ。それは今と変わらない。だから、昔の俺がそんな事を言うようには思えなかった。

そもそもそんなセリフは俺には似合わないだろ。その頃は恋愛自体にあまり興味もなかったし。

しかし、頰を赤らめて身体《からだ》をくねらせている真冬ちゃんを見る限り、全くの嘘《うそ》とも思えない。状況証拠的には、もしかしたら言ったという事もなくはないのかもしれなかった。

「だからね、お兄ちゃんは私と結婚するの。それなのに…………他の女の裸を見るって、一体何を考えてるの？」

蕩《とろ》けていた真冬ちゃんの顔が急に真顔になり、責めるように俺を見つめてくる。真冬百面相。

「いや…………そんな事言われても…………」

ツッコミが追い付かない。一体どこから誤解を解けばいいんだ。とりあえず、一番大事な所からか。

「俺、真冬ちゃんと結婚するつもりはないよ…………」

「なっ…………!?」

真冬ちゃんは、膝から崩れ落ちた。

「どうして…………」

「俺、本当に結婚するなんて言ったのかな……？　ごめん、本当に言ったんなら無責任だけど」

「言った…………確かに言ってくれたのに…………結婚してくれるまで湯舟から出ないって言ったら、しぶしぶ約束してくれたのに…………」

「…………無理やり言わせてるじゃんそれ……」

何となく腑《ふ》に落ちた。そういう事なら言っててもおかしくはない。

膝をつき、がっくりと肩を落としている真冬ちゃんを見るのがどうにも忍びなくて、俺は真冬ちゃんに近づくとその頭を撫でた。真冬ちゃんの気持ちは素直に嬉《うれ》しかった。

「あの…………真冬ちゃん……？　そんなに俺の事を好きでいてくれるのは正直嬉しいんだけどね…………？　俺も別に真冬ちゃんの事が嫌いな訳じゃないからさ、そんなに落ち込まないでくれると嬉しいというか……ね？　結婚とか急に言われても戸惑うってだけだから…………おわっ!?」

急に抱き着いてきた真冬ちゃんに押し倒され、俺たちは床に転がった。

綺麗《きれい》になったばかりの床に押し倒され、俺の視界には我が家と全く同じ綺麗な天井が広がっていた。女の子に押し倒されているという緊急を要する状況にもかかわらず、俺の頭は「流石《さすが》の静《しずか》も天井は汚せないんだな」などとのんきな事を考えていた。現実逃避的な心のメカニズムが働いているのかもしれない。

「真冬ちゃん…………？」

真冬ちゃんは俺に覆いかぶさったまま動こうとしない。丁度俺の胸辺りに頭を埋《うず》めていて、俺からは綺麗なつむじが良く見えた。何故だか俺は無性につむじを押してみたくなり、人差し指の腹で押してみることにした。

「ひゃうっ!?」

「あ、びっくりした？　ごめん」

真冬ちゃんは素っ頓狂な声を上げ、びくっと身体を震わせた。何だか反応が過剰な気がするけど、もしかしたらつむじが弱点なのかな。

「な、なに…………？」

「いや、それはこっちの台詞《せりふ》なんだけど…………」

とりあえず、早く俺の上から降りてほしい。寝てるから大丈夫だとは思うけど、こんな所を静に見られたらまた厄介な事になるに違いない。

「真冬ちゃん、ほら、とりあえず降りよう？」

背中をぽんぽんと叩《たた》いて急《せ》かしてみるも、真冬ちゃんは言う事を聞いてくれない。俺の上でじーっとしているその様は昔飼っていたミドリガメを思わせる。何だか今日はミドリガメの事を良く思い出す日だ。

「――お兄ちゃん」

「ん？」

俺の胸に顔を埋めたまま真冬ちゃんが口を開いた。

「私――諦めないから。今は妹でも、いつか絶対彼女になってみせる。だから――覚悟しててよね」

真冬ちゃんはそう言うと、俺の上から起き上がった。立ち上がり、乱れた服を直すとリビングから出ていく。少しあって玄関のドアが閉まる音が響いた。

「いや…………そもそも妹でもないんだが…………」

真冬《まふゆ》ちゃんが出て行ったドアを見つめながら、俺はそう呟《つぶや》く事しか出来なかった。

結局その晩、何事もなかったように静は復活した。熱はすっかり引いていたんだが、静は俺の顔を見るなり別の理由で顔を赤くした。心当たりしかなかったので、俺は頭を下げる。

「静……本当にごめん。軽率な行動だった……」

謝って済む事ではないかもしれないが、それでも謝らずにはいられない。ベッドに横になっている静は、顔を隠すようにタオルケットを鼻先まで引き上げた。視線だけを俺に合わせる。

「……次からは、ちゃんと気を付けてよね」

「ゆっ——許してくれるのか……？」

「……蒼馬《そうま》くんが、私を心配してくれてたのは分かってるし……それに、蒼馬くんのお陰で元気になったから……今回は、許す……」

消え入るような声でそう言って、静はタオルケットを被《かぶ》ってしまった。もうひと眠りするんだろうか。

静の事が気になってずっと胸に鉛が詰まったような気持ちだった俺は、ホッとすると共にお腹《なか》が空《す》いている事に気が付いた。蒼馬会では食欲がなくて殆《ほとん》ど食べなかったからな……。

「俺、今から夜ご飯食べるけど………静も食べるか？」

一応聞いてみると、タオルケットの塊がもぞっと動いた。続いて、控えめに声が聞こえてくる。

「………食べる」

心の中に、じんわりと嬉しさが広がっていく。とんでもない事をしてしまったけど、また静と一緒にご飯が食べられるんだ。

「よ、よし！　じゃあパパッと作っちゃうから、十分後に家に来てくれ！」

俺はつい緩んでしまう口元をぎゅっと引き締め、跳ねるように静の家を後にした。

「頼む蒼馬、この通りだ！」

大学の食堂で、ケイスケが俺の姿を見るなり思い切り土下座を始めた。意味が分からず俺は首を傾《かし》げる。

「え、は？　なに、どういうこと？」

そんな俺に説明もなく、更に訳の分からないことが起こった。なんとケイスケの後ろに並ぶように、不特定多数の男たちが土下座し始めたのだ。その数なんと十人以上。

「お願いします！」

「この通りです！」

「待て待て、多い多い。お前らは一体誰なんだよ？」

ケイスケを始めとする土下座集団は学食のスペースをかなり占領していて、お陰でめちゃくちゃ周りの視線を集めていた。そしてその視線はやがて、土下座されている俺に注がれる。物凄《ものすご》く居心地の悪い視線だった。

「とりあえず土下座を止《や》めてくれ。めちゃくちゃ恥ずかしいから。そんで用件は何だ？」

「お、おう……お前ら、もういいぞ」

「うっす」

「了解っす」

集団のリーダーっぽいケイスケが声を掛けると、土下座集団はのそのそと起き上がる。ケイスケに誘導されいつものテーブルにやってくると、後ろの集団もぞろぞろとついて来ていた。こいつらは本当に誰なんだろう。

テーブルに座ると、ケイスケはまるでセールスマンのような薄っぺらい笑顔を顔に張り付けて口を開いた。何だコイツ、気味が悪いな。

「蒼馬は何を食べるつもりだったんだ？」

「ん？　まだ決めてなかったけど……A定かな」

「そっか。おい、A定だ」

「うっす」

ケイスケが後ろの奴《やつ》らに指示を飛ばすと、その中の一人がカウンターに駆けて行く。まるで親分と手下だが、あながち間違ってもいないんだろう。あれはもしかしなくても俺のA定を買いに行ったのか？

「ケイスケ、一体何のつもりだ？　奢《おご》られるつもりはないぞ。あと、後ろの奴らは誰なんだ？　見た所後輩たちみたいだが」

大学生の年齢は分かり辛《づら》いんだが、それでも何となく年下が多いのが分かった。

俺の質問に、ケイスケは答えない。難しい顔でテーブルに視線を落としている。

ケイスケの目的、そして謎の集団の素性が分からず、じわじわと薄気味悪い寒気が俺の芯を冷やしていく。


「お待たせしました蒼馬のアニキ、A定食です！」

さっきの後輩が走ってきて、俺の前に恭しくトレイを置いた。美味《おい》しそうなハンバーグから湯気があがり、デミグラスソースの良い匂いが鼻腔《びこう》をくすぐる。

けれど、勿論《もちろん》食欲など湧かない。

「食べてくれ、蒼馬」

ケイスケは手でトレイを示す。後ろで並んでいる大人数の圧も相まって、ドラマか映画のワンシーンのようだったが、ケイスケの表情は真剣そのものだった。

「食べてくれ、ったって………とりあえずさっきの子に渡してくれよ」

俺はテーブルに五百円を載せる。予想してはいたがケイスケは動かない。

「いいんだ、それは後で俺が払っておく。このA定は俺たちからの気持ちなんだよ」

「まずそれが意味分からん。どうして俺がお前に奢られなきゃいけないんだよ。何もしてないぞ、俺」

「今は、な。今日は蒼馬に頼みがあってきた。大切な頼みだ」

そう言って、ケイスケが表情を引き締める。

「………後ろの奴らもか？」

「そうだ。俺たちの目的は一つだ」

もうもうと立ち上がる湯気の向こうで、ケイスケが勢いよく頭を下げた。

「どうか…………どうか真冬ちゃんにミスコンに出てもらいたいんだ――――ッ!!」

◆

「ミスコン…………?」

想定外の言葉に、俺は目を丸くする。

「今絶賛準備中の学祭、その中で最も盛り上がるホットなイベントがミスコンだ。お前も知らない訳じゃないだろう?」

「まあ、存在くらいは…………」

だが、うちの学祭で最もホットなイベントだとは知らなかった。現に去年一昨年のミスコン優勝者が誰だったかなんて知りもしない。知ったところで俺には何の関係もない事だからだ。ああいうのはキラキラした奴らの話で、ごく普通の学生である俺にとっては別世界の話だと思っていた。

「うちのミスコンは毎年衣装が決まっていてな?　今年の衣装が先日、実行委員会によって発表されたんだ」

ケイスケのその言葉を皮切りに、うおおおおと雄たけびをあげる手下たち。ガッツポーズをしたり、ゴールを決めた後のサッカー選手のように天を仰いでいる奴もいた。一体どういうノリなんだか。

…………そして、こいつらは一体何者なんだろうか。ミスコン実行委員会…………にしてはキラキラしてない気もするが。

「で、その衣装って何なんだ？　それを真冬ちゃんに着てもらいたいって事か？」

「そうだ…………いいか蒼馬、興奮するなよ？　気を強く持ってくれ」

「いやいや、聞いただけで興奮しないだろ。一体どんな衣装なんだよ」

興奮するって事は…………水着とかだろうか。只《ただ》でさえ露出の多い服を嫌う真冬ちゃんが、水着なんて絶対着ないと思うけどなあ。

「じゃあ……言うぞ。今年の衣装は――――」

「――――蒼馬くん。これ、何なの？」

「！！！？？？」

大地が揺れ動く音が聞こえた。その音の発生源はどうやらケイスケの手下たちが体勢を崩した時のものらしく、まるでコントのように全員がひっくり返ってまさかの登場人物を見上げていた。

「真冬ちゃん。丁度良かった、これ全員真冬ちゃんのお客さんらしいんだよ」

「私………？」

真冬ちゃんは確かめるように、床に転がっている男たちに目を向ける。けれどピンと来なかったようで、直《す》ぐに俺に視線を戻してきた。

「見覚えないわね。人違いじゃないかしら」

そう言って、真冬ちゃんは俺の隣に腰を下ろした。手には俺と同じA定食。やっぱ今日はA定食だよな。

「ケイスケ、どうせだったら本人に直接お願いしたらどうだ？　俺を挟むより話が早いだろ」

ケイスケは目を白黒させて真冬ちゃんに視線を送っていた。噂話《うわさばなし》をしていたら本人が来た、みたいな気まずさがあるんだろう。

「いや……それが出来たらそうしてるけどよ………無理そうだからお前にだな……」

「俺が言ったからって変わらないと思うぞ？　真冬ちゃんは嫌なことは絶対にやらない子だから」

「ちょっと、一体何の話？」

話についていけない真冬ちゃんが俺をジト目で睨《にら》んでくる。

「何かな、ケイスケが真冬ちゃんにお願いがあるみたいなんだよ。あと後ろの人たちも」

「お願い……？」

真冬ちゃんはもう一度後ろの男たちに目を向け——少し嫌そうな顔をした。その顔は酷《ひど》いと思うぞ。

「とりあえず俺からは言わないからな。結局は本人の意思なんだし。お前が直接話しなよ」

「くっ……それしかないのか……」

絶望に顔を染めるケイスケ。まあ普通に考えたら真冬《まふゆ》ちゃんがミスコンみたいなものに出場してくれるとは思えないもんな。専用の衣装もあるっぽいし。

ケイスケは大きく息を吸い――キッと覚悟の籠った視線を真冬ちゃんに向けた。

「水瀬《みなせ》真冬さん――お願いします、ミスコンでメイド服を着てください――ッ!!」

「え、やだ」

「ガハッ!!」

「そ、そんな……」

「終わりだ……うう……」

音を立ててテーブルに崩れ落ちるケイスケ。そして後ろの男たち。

「メイド服……?」

俺はケイスケの言っていた言葉が気になっていた。

「ケイスケ、今年のミスコン衣装はメイド服なのか?」

「ああ……もうどうでもいいけどな……はあ……見たかったなあ真冬ちゃん

のメイド服姿………」

　ケイスケの声は僅かに震えていた。そこまで見たかったのか……。

「メイド服ねえ………何というか意外だったな。てっきり水着とかそういう系だと思ってた」

「………去年はそうだったんだけどな………色々あって今年は露出度の低いものになったんだ……」

「色々って………」

　中々闇の深そうな話だ。

「うう………うっ………見たかったなあ…………！」

「お、俺……辛《つら》いっス………」

「この時の為《ため》に、活動してきたのに……」

　ケイスケはついにテーブルに突っ伏したまま泣き出してしまった。後ろの奴らも必死に涙を拭っている。もしかして後ろの奴らは真冬ちゃんのファンクラブの奴らだろうか。何となくそんな気がした。

　………何だかんだ言って、ケイスケとはもう三年の付き合いだ。大学で一番仲のいい友人と言ってもいい。

　そんな奴が公衆の面前で泣いている姿というのは、理由はどうであれそれなりに心に来るものがあった。

「真冬ちゃん、どうしても嫌？　露出度の低い衣装らしいけど」

「嫌よ。ミスコンなんて、柄じゃないもの」

「まあ……そうだよなあ……」

どう考えても人前で目立つ事を好むタイプではない。これが静《しずか》やひよりんならまた違ったんだろうが。

「俺も見たかったなあ……真冬ちゃんのメイド服姿」

これは本心だった。真冬ちゃんの絹のように綺麗《きれい》な黒髪は、きっとメイド服にめちゃくちゃ似合うと思ったんだ。

とはいえ無理なものは仕方がない。流石《さすが》に無理強いさせる訳にはいかないし、無理強い出来る気もしなかった。

「悪いなケイスケ、すまんがそういうことだから」

「あ、ああ………こっちこそ悪かったな………うっ」

目元を拭いながらケイスケが立ち上がる。後ろの奴らもよろよろと立ち上がり、食堂から出ていこうとして――。

「――ミスコンって、賞品とかあるんですか？」

その背中を、真冬ちゃんが呼び止めた。

「え、真冬ちゃん出るの？」

「やっぱり話だけなら聞いてもいいかなって思っただけ。出るかは分からないけど」

何故《なぜ》かは分からないが、真冬ちゃんは急に「絶対出ない」から「出るかは分からない」に態度を軟化させた。ケイスケの泣き落としが効いたのか……？

「あ、ああ――それでも全然大歓迎！」

ケイスケは急ぎ足でテーブルに戻ってくると、バッグから取り出したプリントを真冬ちゃんの前に置く。ミスコンの説明プリントらしい。

「うちのミスコンは賞品も豪華なんだ！　まず…………優勝者は旅行券十万円分。それと豪華な優勝トロフィーが授与される」

「十万円？　それは凄《すご》いな」

十万円もあったら日本全国どこでも行けそうだ。

「旅行券十万円分……」

真冬ちゃんもまさかの金額にびっくりしているようで、プリントに釘付《くぎづ》けになっていた。

「まあ、私が優勝出来るとも思えないけれど…………」

「いやいや！　真冬ちゃんなら絶対優勝間違いなしだって！　お前らもそう思うよな!?」

真冬ちゃんの呟《つぶや》きをケイスケが全力で否定する。後ろの奴《やつ》らも間違いないとしきりに言い合っていた。

「えっと……ずっと気になっていたのだけれど、後ろの人たちは誰なんですか？」

真冬ちゃんが怪訝《けげん》な目をケイスケの背後に向ける。

「あ、こいつらは真冬ちゃんの非公式ファンクラブの会員たちだ。勿論ここにいるのは極一部。大学に数ある非公式ファンクラブでも真冬ちゃんのファンクラブは既に最大手なんだ」

「ふぁ、ファンクラブ………」

流石の真冬ちゃんも少し顔が引きつっていた。勝手に自分のファンクラブが出来ていて、それもかなりの人数だと言われればそういう反応にもなるか。そういった経験が全くない俺からすれば、少し羨ましく感じたりもするけれど。

「真冬ちゃんがそういうの嫌いそうだったから、普段は表に出ないように細々と活動してるらしいんだが………今回は蒼馬《そうま》を説得するために少し力を貸してもらったんだ」

申し訳なさそうにケイスケは目を伏せる。後ろのファンクラブ会員たちも同じようにしていた。本人の嫌がる事はしない、マナーのいいファンクラブではあるらしい。

「やっぱり真冬ちゃんはファンクラブが出来てるって知らなかったの？」

「………ええ。流石に少し驚いているわ」

殆《ほとん》ど変化する事のない真冬ちゃんの表情だが、少しだけ驚きが混じっていた。俺以外には分からないくらいの小さな変化ではあったが。

「とにかくっ、真冬ちゃんが出場すれば優勝間違いなしだと思うんだよ！　どうか前向きに出場を考えてはもらえないかな……？」

ケイスケが真冬ちゃんを拝み倒す。

真冬ちゃんはプリントにじっと視線を落としていた。どうも旅行券が気になっているらしい。どこか行きたい所でもあるんだろうか。

「…………蒼馬くん」

「何だ？」

真冬ちゃんは視線を落としたまま俺に話しかけてくる。大学用の「蒼馬くん」呼び。

「蒼馬くんは、私のメイド服姿……見たいの？」

まるで今日の晩御飯を聞くかのような、感情の乗っていない軽い口調だった。一応聞いてみた、という感じの雰囲気。

「そうだなあ…………」

…………と言った所で、ケイスケが物凄い形相で俺を睨んでいる事に気が付いた。まるで親の仇《かたき》を見るような視線を俺に向けている。

見たいって言え——声にならない叫びが聞こえてきた。

けど、そんなものなくても俺の答えは決まってる。

「見たい。真冬ちゃん、メイド服めちゃくちゃ似合いそうだし。優勝するんじゃないかって俺も思ってるよ」

「…………そ」

やはり返ってきたのはそんな軽い返事。けれど、頬が少しだけ赤くなっていた。こういう真冬ちゃんは珍しいので、何だか少しドキッとする。

「そこまで言うなら…………出てあげてもいいけれど」

「本当!?」

ケイスケが大きく目を見開いて真冬ちゃんを見る。

「はい。でも…………一つだけ条件があります」

「条件?」

ケイスケが首を傾《かし》げる。

「真冬ちゃんが出てくれるんなら何でもするよ。勿論《もちろん》、後ろの奴らも」

「いえ、ケイスケさんは何もしなくて大丈夫です。ただ、蒼馬くんに一つお願いがあって」

「俺?」

なんだろうか。この件に関して俺に出来る事はない気がするが。

「俺に出来る事なら協力するよ。俺だって真冬ちゃんのメイド服姿は見たいしさ」

流石にこんな人前でマンションのノリで変な事は言い出さないだろうと考えると、恐らくは夜ご飯のリクエストあたりか。それくらいならお安い御用だ。

――――と、考えていたのだが。

「良かった。じゃあ――――もし私が優勝したら、私と旅行に行ってくれる?」

とんでもない事を言って、真冬ちゃんは妖しく微笑《ほほえ》んだ。

驚きの表情で固まるケイスケの更に向こうでは、真冬ちゃんファンクラブの男たちが、感謝と嫉妬と何だか分からないようなぐちゃぐちゃの感情の籠った顔で俺を見ていた。

◆

ひよりんはライブの為に、真冬ちゃんはミスコンの為に、身体《からだ》を作る生活が続いた。これまでのライブから予想するとひよりんは今回もへそ出し衣装があるはずだから分かるんだが、真冬ちゃんは別に今のままでも充分な筈《はず》で、そのストイックさがどこからくるのか俺は不思議だった。どうせミスコンに出るなら絶対に優勝してやろうという、しっかりとした性格に依《よ》るところなんだろうと予想している。

静は結局運動は諦めたらしく「今は時期が悪い」と訳の分からない事を言っていた。分かりやすいくらいに真冬ちゃんとは真逆の存在だが、まあ静はそれでいいんだろう。

そして俺はというと、ひよりんと真冬ちゃんと一緒に健康的な生活を送り、週に一度静の家を片付けに行き、偶《たま》に知り合いの学祭準備の手伝いをするという……………つまりは極々いつも通りの生活を送っていた。

そうこうしているうちに完全に梅雨は明け、季節は夏真っ盛り。エアコンなしでは生活出来ないようになり、そうめんが美味《おい》しい時期になった。蒼馬会でも近々そうめんを解禁予定だ。静は嫌な顔するだろうけど。

――俺がとんでもない事に気が付いたのは、そんなうだるような暑さの夜の事だった。

◆

「日程が……被《かぶ》ってる…………!?」

　スマホを手に、俺は固まっていた。蒼馬会終わりのソファの上での事だ。

「うわ…………マジかこれ」

　来月の予定をスマホのカレンダーに入力していた所、衝撃的な事実が判明した。なんと学祭とザニマスの3rdライブの日程が完全に被っていたのだ。大学のサイトとザニマスの公式ページを何度確認しても、そこには同じ日付が記載されていた。

「いや……大丈夫かこれ」

　不意にヤバい出来事に遭遇してしまった時特有の、心臓がきゅっと締め付けられる感覚が俺を襲う。冗談じゃなく手が震えだす。ライブに行けないかもしれないと考えただけで、人はおかしくなってしまう生き物なんだ。

「待て、落ち着け俺…………学祭は最後まで居る必要はないんだ。ミスコンだけ見られればそれでいい……」

　真冬《まふゆ》ちゃんには「観《み》に来てくれないと……分かってるよね？」と背筋が凍る笑顔と共に念押しされている。もし観に行かなかったらどうなってしまうのか……想像するのも恐ろしかった。

それに、そんな脅しを抜きにしたって俺は真冬ちゃんのメイド服姿が見たかったし、恐らく真冬ちゃんが俺にそんな脅しをかけてきたのには理由があるんだ。

これは完全に俺の想像でしかないんだが……真冬ちゃんはミスコンに出ることが少し不安なんだと思う。ただでさえ真冬ちゃんは工学部の撃墜王だなんだと勝手に噂《うわさ》され、非公式ファンクラブはいつの間にか最大手まで膨れ上がり、どこに行っても指を差される状態で、大学にいる間は全く心が休まらないはず。

そんな中でミスコンに出場したら、真冬ちゃん目当ての奴が沢山観に来る事は容易に想像出来る。目立ちたくないタイプの真冬ちゃんにとって、きっとそれはかなりのストレスになるはずで。

だから、せめて仲のいい俺に近くにいてほしいんじゃないだろうか………と、そんな想像を勝手にしている。勿論これが杞憂《きゆう》で、ミスコンを楽しみにしているんならそれでいいんだが。

という訳で、何が何でもミスコンは観に行かなければいけない。しかし、ライブも絶対に観に行きたい。俺はこれまでザニマスのライブは全通しているし、これからもそうするつもりだ。チケットだって、抽選を突破してしっかりと手に入れている。

「………問題はミスコンが何時から始まるのかってことだ」

ライブが始まるのは午後四時から。大学からライブ会場までは急げば一時間くらいだから、遅くとも昼過ぎまでに始まってくれなければライブには間に合わない。

俺は祈りながらケイスケにルインを送った。直《す》ぐに既読が付き、返事がくる。

『ミスコンは二時から！　ちな真冬ちゃんはエントリーナンバー3番だから3番目に出てくるはず！』

「二時か……」

強張《こわば》っていた身体から、すっと力が抜ける。もしかしたら開幕には間に合わないかもしれないが、少なくともライブに参加する事は出来そうだ。これでミスコンも夕方開催だったら俺は立ち直れなかっただろう。

『了解。さんきゅー』

『おう。楽しみだな』

『だな』

ルインを返し、俺はスマホをソファに放り投げるとホッと一息ついた。まさかの事態にひやひやさせられたが、とりあえずは問題なさそうだ。これで学祭もライブも心置きなく楽しむ事が出来るだろう。

◆

………最近、大学を歩いていると妙に視線を感じる時がある。肌を焼くような、じっとりとした視線だ。

「蒼馬くん、どうしたの？」

テーブルの向かいに座る真冬ちゃんが、B定食に箸を伸ばしながら不思議そうに俺を見つめてくる。

「…………いや、何でもないよ。ところでミスコンの準備はどう？」

ラーメンを啜《すす》りながら聞いてみる。

学祭はもう一週間後にまで迫っていた。ミスコンというと、ただ壇上に立って決めポーズの一つでもするだけだと思っていたんだが、どうやらそういうものでもないらしく色々とやらされるらしい。聞いたところによると、去年は特技の発表コーナーがあったとか。

ミスコン参加者には既に今年何をやるかは通達されているものの、トップシークレットとの事で、真冬ちゃんが何をするのかは俺も知らなかった。

「いい感じだよ。ねえ蒼馬くん…………ミスコン、絶対観に来てね。壇上から見つけられるところにいてほしいの」

真冬ちゃんは不安そうに瞳を揺らし、俺に視線を合わせる。俺はその視線を受け止め、真っすぐ見つめ返した。

「約束するよ。絶対観に行くから。真冬ちゃんが出てきたら思いっきり手を振るよ」

「うん…………お願いね」

真冬ちゃんは俺の言葉に安心したのか、小さく微笑んでB定に視線を戻した。俺もラーメンを啜る作業に戻る。

――その間もずっと、じっとりとした視線が俺に張り付いている。

それも、あらゆる方向から。

「………」

ここ最近、俺が不特定多数の男たちから厳しい視線を向けられている理由は……間違いなく真冬ちゃんがミスコンに出る事と無関係ではないだろう。

ミスコン参加をきっかけに、只《ただ》でさえ高かった真冬ちゃんの知名度は一気に上昇した。構内の至る所にミスコン参加者の顔写真付きポスターが貼られているし、それがミスコンのサイトにも載っているせいで他の大学でもちょっとした噂になっているらしい。ミスコンのサイト巡りは男子大学生には当然のムーブだからな……とはケイスケ談。

そんな訳で、今や真冬ちゃんは名実ともに大学のマドンナだった。

そしてそうなれば当然、真冬ちゃんの彼氏だと噂されている俺も、嫌でも知名度が上がっていく訳で。

「……真冬ちゃんは凄《すご》いなあ」

思わず、そんな呟《つぶや》きが口から出てしまう。

「いきなりどうしたの？」

「いやいや、真冬ちゃんは頑張ってるなあと思ってさ」

「……？　よく分からないけれど、結婚してくれるって事？」

「どうしてそうなるのさ。外で変な事言わないの」

真冬ちゃんは、入学してからずっとこんな状態だったんだ。どこにいっても心が休まる場所なんてない。知らない奴《やつ》に指を差され、噂されて。

「ふふ、冗談。ドキッとするかなと思って」

それなのにこうして、平気な顔をしている。勿論、それは見かけだけなのかもしれないけど。

思い出したようにラーメンを啜る。勿論、味なんて全然分からない。見られているというプレッシャーは、俺が思っていたよりずっと強かった。

「分かるよ。蒼馬《そうま》くんが何を考えているのか」

「え？」

丼から顔を上げると、真冬ちゃんが目尻を僅かに下げた柔和な表情で俺を見ていた。珍しい表情だ。

「別に……私だって平気な訳じゃないよ？　正直、大学に行くのが嫌だった時期もあった」

「…………そっか。そりゃそうだよね……こんなんじゃさ」

ノイローゼになってても全くおかしくない。俺たちは別に芸能人でも何でもないんだ。見られる事に全く慣れていない。

「でもね、ある日から全然気にならなくなったの。いつだか分かる？」

俺は首を横に振った。見当がつかなかった。

「それはね――――蒼馬くんと再会出来た日。蒼馬くんが一緒にいてくれるから、私は平気なんだ」

そう言って、真冬ちゃんははっきりと笑った。真冬ちゃんには珍しい向日葵《ひまわり》のような眩《まぶ》しい笑顔。

「ありがとう、私と一緒にいてくれて。蒼馬くんが思っているよりずっと、私は助かってるよ」

真冬ちゃんは席を立つ。Ｂ定食は既に空になっていた。

「ミスコン、絶対観に来てね」

そう言い残し、真冬ちゃんは去っていった。

◆

「おっす、大将」

真冬ちゃんと入れ替わるように、ケイスケがやってきた。手にはカレーが載ったトレイを持っている。…………本当にカレーが好きだなこいつは。

「おっす。最近どうよ」

ケイスケと会うのはそれなりに久しぶりだった。特に連絡を取り合って飯時に集まっている訳じゃない俺たちは、たまにこうやって会わない期間が出来る。大抵はケイスケが金欠で学食に来ないだけだが。

「まぁーぼちぼちだな。学祭の準備で寝不足だ」

ケイスケは俺の向かいに腰を下ろすと、早速といった様子でカレーを食べ始めた。食べながら喋《しゃべ》りかけてくる。

「ここ、誰か座ってた？　ケツがあったかいんだけど」

「さっきまで真冬ちゃんが座ってたけど」

「うおっ、マジか！…………真冬ちゃんもちゃんと温かいんだな」

「何だよそれ」

「いや、なんか氷の女王って感じじゃん。体温なくても驚かないっていうかさ」

「真冬ちゃんを何だと思ってるんだよ…………」

雪女か何かだと勘違いしてないか？

「まあそれは置いといてさ。最近の真冬ちゃん、マジで大人気だな。彼氏としてさぞ鼻が高かろうて」

「べっ——」

——つに、真冬ちゃんは彼女じゃない。

と本当の事を言う訳にもいかない。俺が彼氏役をしている事で、真冬ちゃんはまともな大学生活を送れているんだから。

「まあ……そうだな。ただ、俺まで注目されるから割と疲れてはいる」

「ははっ、それは仕方ないだろ。俺だったら寧《むし》ろ気持ちいいくらいだけどな。彼女が可愛《かわい》くて嫉妬されるなんてサイコーじゃんか」

何でもない事のようにケイスケは言う。当事者じゃなければ俺もそう言っていたかもしれない。

「まあ真冬《まふゆ》ちゃんに比べたら遥《はる》かにマシだろうからな。彼氏の俺が音を上げる訳にもいかないか」

「そうそう。旅行も待ってるんだから頑張れって」

「……旅行ねえ」

真冬ちゃんがミスコンに参加するかわりに提示した「優勝したら俺と旅行に行く」という条件は、このままではそう遠くない未来、現実になりそうなのだった。

真冬ちゃんと二人で旅行……俺、マジで襲われるんじゃないだろうか。色んな意味で。

と、考えたところで、ふと思う。

「なあケイスケ」

「なんだ？」

頬にカレーを詰めながら、ケイスケがこちらを向く。

「俺が真冬ちゃんの彼氏だって、皆知ってるんだよな？」

「そうだな、大抵の奴は知ってると思う。俺も結構お前のこと訊《き》かれるし」

「マジか。まあそれは今はいいや………でさ、ぶっちゃけミスコンって彼氏持ちでも人気になるものなのか？　アイドルとか彼氏バレすると露骨に人気落ちたりするじゃんか」

言い方は悪いが………他人の物を手放しに褒められる人間はそう多くない。人気商売では彼氏彼女の存在は隠すのが暗黙の了解になっているのがその証拠だ。

ケイスケは俺の質問に対し、ちょっと難しい顔をした。何か言いにくい事があるような、そんな顔。

「んー、まあ普通は彼氏いたらマイナスになると思うんだけどさ。現に他の参加者は彼氏いるって公表してないし。でも………いやあ、これは言っていいのか……」

「何だ？　気にせず言ってくれ」

「そうか？　なら言うぞ？………ぶっちゃけ、蒼馬、お前あんまり脅威に思われてないっぽいんだよ」

「脅威に思われてない？　どういう意味だそれ」

想像していなかった言葉が飛び出してきて、一瞬頭が固まる。

「だから……お前相手なら真冬ちゃん奪っちゃえるんじゃね、って思ってる奴が多いって事。まあほら、なんつーの………お前って、別に超絶イケメンって訳じゃないじゃんか」

「そうだな。全然イケメンじゃないと思う」

答えながら、合点がいった。

つまり俺と真冬ちゃんが全然釣り合っていないから、真冬ちゃんは実質フリーのように思われてるって事だ。自分で言ってて情けなくなるが、まあそうなるよなという気もする。どう考えても俺と真冬ちゃんは全然釣り合ってないだろう。

「いやほら、俺は勿論《もちろん》お前と真冬ちゃんはお似合いカップルだと思ってるぞ？　真冬ちゃんがどれだけお前に惚《ほ》れてるかも知ってるしさ。でもそれを知らない奴らはそうは思ってないんだよ。寧ろ……お前の存在がちょっとしたスパイスになってる的な？」

「俺はいつから香辛料になったんだ」

蒼馬の香辛料、ソウマサラ。

アホか。

「他人の物ほど欲しくなる、ってのは人間のサガだからさ。今は嵐の前の静けさっつーか、皆静観してるけどよ。俺の見立てじゃ、学祭終わり次第真冬ちゃんに近付こうって輩《やから》は多いだろうな。それこそ他の大学の奴らなんて彼氏いる事知らないだろうし。学祭で声掛けようって思ってる奴も多いんじゃねーか？」

気ぃ付けろよ、とケイスケは真面目な顔で言う。

口の端にカレーをつけながら言った所で全然緊張感はなかったが、それはそれとしてケイスケが言った事が本当なのであれば結構深刻な状況だった。ソウマサラなどと言っている場合ではない。

「ありがとなケイスケ。気を付けるよ」

「いいって。元はといえば俺が真冬ちゃんにミスコン出てみないかって誘っちまったのが原因だし。それに……俺は本気でお前と真冬ちゃんはお似合いだって思ってるんだよ。だから変な奴に取られないでくれよ？」

ケイスケは笑った。

その笑顔が、少し心苦しかった。

◆

それから一週間ほど経《た》ち、ついに学祭&ライブの日がやってきた。ひよりんも真冬ちゃんも一緒に朝ご飯を食べたいと言うので、今日は朝から二人ともうちに集合している。一応静《しずか》も誘ったんだが、寝ているのか既読すら付かなかった。あいつに七時は早すぎたか。

「いいなあ、私も真冬ちゃんのメイド服姿見たかったなあ」

「それなら今度写真を見せますね。どうせ沢山撮られると思いますから」

「やった。楽しみにしておくわね」

「多分、そんなに上等な物でもないと思いますが……それより、ひよりさんのライブの写真も見せてくださいね」

「了解よ。沢山撮ってくるわね」

リビングでは真冬ちゃんとひよりんが楽しそうに話している。一緒にランニングをするようになってから二人の仲は縮まったらしく、最近は蒼馬会でも話している所をよく見かける組み合わせだ。以前は俺と話すか静と喧嘩《けんか》するかしかなかった真冬ちゃんも、もう完全に馴染《なじ》んだと言っていいだろう。最早《もはや》俺の方がひよりん相手に上手《うま》く話せないんじゃないだろうか。

「お待たせー。ベーコンエッグと味噌汁《みそしる》が来たぞー」

「わあ、相変わらず美味《おい》しそう！」

「いい匂い……」

出来上がった料理をテーブルに運ぶと、二人とも嬉《うれ》しい反応を返してくれる。

こういう小さな反応だけでも嬉しいんだよな。美味しいの一言だけで料理の疲れなんて吹き飛んでしまうんだ。

「いえいえ。それじゃ、ぱぱっと食べちゃいましょうか」

各々白米をよそい、揃《そろ》ったのを確認して俺たちは小さく手を合わせた。

「いただきます」

目玉焼きに箸を差し入れると、中から濃厚なオレンジ色の黄身がじんわりと溢《あふ》れてくる。黄身が垂れないように素早く白米の上に載せ……一緒に口の中にかきこむ！

……うん、美味《うま》い。我ながら完璧な半熟具合だ。

数か月も一緒にご飯を食べていると、各々の好き嫌いからちょっとしたこだわりまで分かるようになるもので、幸いにも蒼馬会には目玉焼き半熟派しかいなかった。

正確にはひよりんはこだわりがない派で、真冬ちゃんはどちらかといえば半熟派、静はゴリゴリの半熟派だった。個別で作る手間がないので助かっている。

自分の半熟スキルに感動していると、テーブルの上に置いてあったひよりんのスマホがメッセージを受信して明るくなった。画面の内容が目に入ってしまう。

『起きてるー？　そろそろ起きないとヤバいよー』

「んもー、玲奈《れな》ちったら心配性なんだから」

ひよりんは口の端を緩めながら、メッセージを返していく。

「玲奈ち……？」

もしかして……ザニマスで同じユニットを組んでいる、声優の遠藤《えんどう》玲奈さんの事か……？

「ひよりさん、今のって……」

声優のプライベートに首を突っ込むのは良くないと分かっていても、目の前で好きな声優の名前を出されては我慢出来るはずもなかった。俺はひよりん推しだが、そのベースにあるのはザニマス愛。ザニマス声優は皆応援しているんだ。

「あ、うん。遠藤玲奈ちゃん。……あの子、私がお酒飲んで寝坊してるんじゃないかーって、イベントの時毎回ルイン送ってくるのよ？　全く、私は寝坊した事ありませんよーだ」

膨れながらも、ひよりんは嬉しそうにしていた。

本当に仲がいいんだなあ………あまりの尊さにキュン死するところだった。好きな声優たちがツブヤッキーで絡んでいるだけで尊いのに、それを目の前で繰り広げられては命がいくつあっても足りる気がしないぜ。

「……それにしても、ライブの日って朝早いんですね。開演って確か四時ですよね」

さっきのメッセージには『そろそろ起きないとヤバい』と書いているように見えた。まだ七時だが、そんなに早く集合するんだろうか。

俺の言葉に、ひよりんは自嘲するように小さく笑った。

「あはは、早いわよねえ……実はライブの日って朝からリハーサルがあるの。今日は九時には会場入りしないと怒られちゃうわ」

「そうだったんですね。めちゃくちゃ大変じゃないですか」

そんなハードスケジュールだとは知らなかった。今回は一日開催だが、二日開催の二日目なんてめちゃくちゃ大変なんだろうな。前日思いっきり歌って踊って、夜遅くに帰ってきて、また次の日早起きしてあのパフォーマンス。声優は肉体労働だというのはあながち間違ってないのかもしれない。

「でも、やっぱりライブって最高に楽しいの。裏方さんなんて私たちより早くから頑張ってくれているし、沢山のファンが私たちに会いに来てくれる。それを想《おも》ったら、どんな疲れも吹き飛んじゃうんだ」

黄金のような言葉に、俺は思わずひよりんの方へ視線を向けた。ひよりんはお茶碗《ちゃわん》を片手に持ちながらも、その表情はいつの間にかいつもの『お酒大好き　支倉《はせくら》ひより』ではなく『声優　八住《やすみ》ひより』に切り替わっていた。表情が少し変わっただけなのに、俺の心臓はドクンと大きく跳ねる。

いつもは手の届かない場所にいる『推し』が、目の前にいた。

「……なーんて、ちょっと語っちゃったかな?」

「い、いえ！　最高にかっこよかったです……！」

胸がいっぱいになって、俺はそんな事しか言えなかった。

やっぱり俺の方がひよりんと上手く話せない。

ライブ会場の幕張に向かうひよりんを残し、俺たちは大学の最寄り駅で降りた。大学沿いの長い道を真冬ちゃんと歩きながら、話すのはひよりんの事。

「かっこよかったね、ご飯食べてる時のひよりさん」

「そうだなあ。やっぱり人気声優なんだな……って改めて思ったよ」

普段一緒に生活しているからつい忘れそうになるものの、ひよりんは本来俺なんかが気軽に話しかけられるような人じゃないんだ。いや、今も緊張して気軽には話しかけられないけれども。

「今日のライブ、メッセでやるんだっけ。凄《すご》いなあ……私なんてミスコンで緊張してるのに」

「いやいや、真冬《まふゆ》ちゃんも凄いと思うぞ。大人数の前でパフォーマンスをするなんて、俺には到底無理だ」

ひよりんのライブ会場と真冬ちゃんのミスコン会場では、確かに何十倍というキャパの差があるとは思うけど、ミスコン会場だって千人は入るわけで。千人の視線が自分に集まる事を考えるだけで……俺はちょっとおかしくなりそうだった。

何がおかしいのか、真冬ちゃんはそこで小さく口の端を上げた。

……俺、何か変な事言ったっけ？

「ふふっ……蒼馬《そうま》くん、絶対ミスコン観《み》に来てね？」

何度目か分からない真冬ちゃんの念押しに、勿論だ、とこれまた何度目か分からない返事をする。その度に、真冬ちゃんは嬉しそうに目を細めてくれる。何だか自分が頼られているようで、胸の中が温かくなった。

頭の上では大学の敷地周りにぐるりと植えられている樹《き》が、風を受けがさがさと音を立てている。その合間を縫うように、周りから声が聞こえてきた。

「なあ、あれ……そうだよな？」

「うお、マジじゃん。お前ミスコン観に行く？」

「たりめーよ。うわー……マジで可愛《かわい》いわ真冬ちゃん……エグいだろあの顔」

「ミスコンの衣装メイド服っしょ？　はよ見たいわー」

「早めに行って席押さえね？　スマホで写真撮りたいわ俺」

「そうすっか。つか、ゼミにカメラ持ってる奴《やつ》いるから連絡してみるわ」

友達同士のような雰囲気の男たちの会話が、少し離れたところから聞こえてくる。

「…………」

――こういう会話はここ最近本当に増えた。間違いなくミスコンの影響だ。最初のうちは気にしていたんだが、あまりにどこでも聞こえてくるから最近は気にしないようにしている。真冬ちゃんもすっかり慣れっこといった様子で涼しい顔だ。

男たちはじりじりとこちらに寄り、ミスコンの席を確保する為《ため》か、最後に真冬ちゃんの顔をちらっと見てスピードを上げた。綺麗《きれい》にセットされた茶色の頭が二つ、イソギンチャクのようにゆらゆらと揺れ動く。そうして少し離れた所で、また薄《うっす》らと話が聞こえてきた。

「いやマジでさー……何であれがカレシ？　なら俺でよくね？」

「聞いた話じゃ前からの知り合いらしい。真冬ちゃんの方から告ったって」

「いやー、ないわ。彼氏のほう全然知らんけど、選び放題なのにわざわざあんなのいく？」

「ばっ、やめろって。聞こえるって。…………俺もそう思うけど」

「っしょ？　マジで、うちの大学の七不思議だからあれは。ま、ミスコン終わったら保《も》たないだろうけどなー」

「あー、たしかに。去年のミスコン優勝した……麻里《まり》さん？　名前忘れたけど、優勝した途端彼氏替わったもんな」

「いやあれはエグかったよな。そんな露骨に替わる？って思ったもん。確か三十人くらいに告られたらしいぜ」

「やっぱ。まあうちのミスコン優勝した人ってだいたい女子アナなってるしな。未来の女子アナと付き合えるかもってなったら、そりゃいくか」

聞こえたのはそこまでだった。その後も視界の先でテンション高めに話しているのは見えているものの、話している内容は聞こえてこない。

「…………七不思議て」

俺と真冬ちゃんが付き合っているのはそこまでおかしな事だったのか。実際に付き合っていたら結構ショックを受けただろうな。

「…………ムカつく」

「え」

ドスの利いた声に隣を見てみれば——真冬ちゃんが人殺しのような冷めた目でさっきの二人組の背中を睨《にら》みつけていた。

「ちょ、真冬ちゃん？」

「…………行こ」

ガシッと手を摑《つか》まれ、そのまま強制的に恋人繫《つな》ぎに。俺は真冬ちゃんに引っ張られ前につんのめった。真冬ちゃんはぐいぐいスピードを上げ、二人組の背中がどんどん近づいてきた。

「真冬ちゃん!?　ちょっと！　ストップ！」

俺の制止など何のその、真冬ちゃんは全くスピードを落としてくれない。二人組の背中はすぐ目の前まで迫って――――そして、抜いた。

「…………マジかよ」

そんな言葉が、後ろの方から聞こえた気がした。

…………結局、真冬ちゃんは大学の門をくぐるまで俺の手を離してくれなかった。

「ふう、すっきりした」

真顔でそんな事を言う真冬ちゃんの横で、俺は膝に手をつき肩で呼吸をする。

「びっくりした…………きゅ、急にどうしたの真冬ちゃん……？」

突然の事にまだ頭が追い付いてない。とりあえず分かったのは、真冬ちゃんはしっかりとランニングの成果が出ているという事だけだった。

呼吸を整え上体を起こすと、真冬ちゃんは不満そうに腰に手を当てていた。細い眉毛が僅かに吊《つ》り上がっている。

「…………ムカついたから。蒼馬くんの事悪く言われて」

「ん…………ああ、俺の為に怒ってくれたのか」

「いや、自分の為よ。彼氏の事あんな風に言われたら、誰だって気分悪くなる」

…………彼氏ではないけどな？

「まあ……でも言ってる事も分からんでもないんだよなあ。別に俺、自分の事イケメンとか全く思ってないし。めちゃくちゃ可愛い真冬ちゃんと外見が釣り合ってるかと言われたらなあ…………」

全くもってノーだ。勿論《もちろん》外見が全てではないけどさ。

「……？」

返事がないので不審に思い見てみると、真冬ちゃんは口を小さく開けて固まっていた。少しだけ、薄らにやけている気もする。某有名ＲＰＧのスライムみたいな顔をしていた。

「真冬ちゃん？」

「…………はっ、私とした事が幸せに呑《の》み込まれるところだった…………とにかく蒼馬くんはそんな事考えなくていいの。私の彼氏として堂々としていればいいのよ。ミスコンも最前列で観ていてほしいくらいだわ」

「……なら、そうしようかな」

自然と、そう口にしていた。

俺が腑抜《ふぬ》けていると真冬ちゃんに迷惑が掛かる。ミスコンが終わればそれは更に酷《ひど》くなるだろう。一応は彼氏がいるからと遠慮している奴らが、ミスコンを機に真冬ちゃんに近付いてくる。それを守れるのは、彼氏である俺しかいないんだ。

「たまには俺も彼氏らしいところを見せないとね。行きたい出し物もないし、俺はさっさと席を取っておくよ」

「……夢みたい」

真冬ちゃんはボソッと何かを呟《つぶや》いた。しかし学祭特有の喧騒《けんそう》に紛れ聞き取れない。まだ開会式までは時間があるものの、既に構内はかなりの熱気に包まれていた。戦隊もののコスプレや、何故《なぜ》か上半身裸で歩いている連中もいる。濃厚な祭りの空気に皆浮足立っている。

「真冬ちゃんはどういうスケジュール？」

「午前中はアリサのサークルの出し物に呼ばれてて、午後はミスコンかな。確か参加者は正午に集合だから」

スマホを確認しながら真冬ちゃんが言う。

「……………本当は蒼馬くんと楽しみたかったな」

「だなあ。ま、来年もあるしさ」

来年の今頃は……就活真っ最中だろうか。卒論にも追われてそうだ。

「来年もあるし、じゃないよ。…………もう来年しかない。折角またお兄ちゃんに会えたのに」

真冬ちゃんは下を向いてしまう。浮ついた、楽しい世界の中で、真冬ちゃんだけが悲しい世界に取り残されている。

「…………」

――――真冬ちゃんの手を、しっかりと握った。

「お兄ちゃん……？」

真冬ちゃんが驚いた様子で顔を上げる。

「まだ開会まで時間あるだろ？　それまで色々見て回ろうよ。多分、それだけでも楽しいからさ」

楽しい世界を歩いていたら、自然と楽しくなってくるものだ――――ほら、もう笑顔になった。

◆

「ほれ、焼きそばと唐揚げ」

「最高の組み合わせじゃん。さんきゅー」

「こっちこそ、場所取り助かった。凄え人だなこれ」

中央広場に設営されたミスコン会場は、開会直後だというのに既に半分ほど席が埋まっている。俺は八時頃にケイスケに連絡する事で、何とか最前列の席を確保する事に成功していた。

「わお、マジだ。さっきまでそんなにだったのに開場した途端急に増えたな。外部の人っぽいのが沢山いるわ」

後ろを見渡してみると、確かに学生っぽくない人たちも沢山いた。うちの学生でもないのに開会してすぐここにやってくるなんて、とんでもない熱量の持ち主が沢山いるんだな。

まだミスコンまで四時間近くあるというのに。

「まあ今年のミスコンはレベル高いからなー。マジで可愛い子しか残ってないもん」

「そうなのか？」

「ああ。多分真冬ちゃんに勝てる自信ある奴しかエントリーしなかったんじゃないかな。凄《すご》く人気な子がいる年はエントリー少なくなるって先輩から聞いたことある」

「ふーん、そういうもんなのか」

まあ、負けると分かっている勝負は誰でもしたくないか。俺がミスターコンに出たくない気持ちと根っこは同じだろう。わざわざ恥をかくような真似《まね》はしたくない。

「ま、それでも多分ぶっちぎりで真冬ちゃんが勝つだろうけどな」

「そこまでか。他の参加者も相当可愛いって言ってたじゃんか」

「そうなんだけどな。なんつーか……他の参加者って『いかにも』な感じなんだよ。SNSにキメキメの自撮り上げて、ミスコン出る事アピールしてたりさ」

「まあミスコンって選挙みたいなもんだしな。そういう地道な活動が大事なんだろう」

俺の相槌《あいづち》をケイスケは手をあげて遮り、続ける。

「そんな中よ！　唯一SNSもやってなければミスコンアピールも全くしない！　現代に染まっていない純度百パーセントの完璧美少女がいれば………それは人気にもなるってもんだろ？」

「まあ……気持ちは分からなくもない……か？」

ゴリゴリにアピールされると、逆に少し引いてしまうみたいな話だろうか。

因《ちな》みに真冬《まふゆ》ちゃんはSNSやってるぞ。鍵垢《アカ》でフォロー数人しかいないけど。

「そんな訳で真冬ちゃんはぶっちぎりで優勝候補なんだよ。普通に一番可愛《かわい》いしな。良かったな蒼馬《そうま》、彼女がミスコン優勝者になるぞ」

ケイスケが興奮した様子で俺の肩を叩《たた》く。まるで自分の事みたいに喜んでいた。いい奴なんだよなあ、こいつ。

「うーん、そんなにうまくいくのかなあ」

……ケイスケはそう言うものの、実際はそこまで簡単な話でもないだろう。ミスコンで何をやるのかは分からないが、壇上でのアピール合戦は真冬ちゃんにとって相当な向かい風のはず。何故って真冬ちゃんが満面の笑みで観客に手を振る姿は全く想像出来ないから。

愛嬌《あいきょう》という言葉の対極にいる存在なんだ、真冬ちゃんは。

「…………頑張れ、真冬ちゃん」

俺は口の中で小さく呟いた。

◆

ついにその時がやってきた。
午後二時――――ミスコンの時間だ。

「ご来場の皆様——大変お待たせいたしました！　ここに第四十七回ミスコンテストを開催します！」

大きなステージの上では、スーツを着たイケメンが両手を上げて万雷の拍手をその身に集めていた。ミスコン実行委員長だろうか。

背後に設置された大型モニターに、彼の顔がドアップで映し出される。流行の黒髪センターパートの髪に真っ白な肌、綺麗《きれい》な二重の瞳は切れ長で、どこかセクシーさも兼ね備えている。まるで韓国のアイドルみたいだ。あんなイケメンがうちの大学にいたとは。

「うわ、でーたよ二階堂蓮《にかいどうれん》」

ケイスケが壇上を見て口をへの字にした。

「二階堂蓮？　有名な奴《やつ》なのか？」

「何だ蒼馬、知らないのか？　あいつはな——うちの大学きってのヤリチンなんだよ」

吐き捨てるようにケイスケは言う。

「………何だそりゃ。まあモテそうではあるけど」

「モテるなんてもんじゃねえ。うちの学生の半分はあいつの毒牙にかかってるって噂《うわさ》もあるしな。読モだかアイドルもやってるってんで、とにかく凄い人気なんだよ」

「はーん、なるほど。芸能人って事か。そりゃカッコいいわけだ」

流石《さすが》に学生の半分は言い過ぎだけどな。うちの大学は男子の方が多いから、それだととんでもない事になってしまう。まあとにかくとんでもなくモテる奴、という事だけは分かった。

そういう情報を耳にした後だと……なるほど、確かに壇上の二階堂蓮は舞台慣れしていた。千人を超える人間の前に立っているのに、少しも緊張した様子がない。俺だったらガチガチで挨拶すらまともにこなせないだろう。やるなあ、二階堂蓮。

二階堂蓮は、明日同じ場所で開催するミスターコンに自分も出場する事、出来れば応援してくれるとありがたい事をさらっと話しつつ開会の言葉を終えると、早速メインの参加者入場コーナーになった。

「それじゃあ――――エントリーナンバー1番！　どうぞ！」

その言葉を合図に、大型スピーカーから大音量のクラブミュージックが流れだす。ステージ手前の装置からぷしゅーと煙が吹き上がり――それが晴れると、メイド服に身を包んだ女性がステージの中央に立っていた。凄い演出だな……まるでザニマスのライブだ。

「うーん……可愛い！」

ケイスケがぼそっと呟く。

その言葉に釣られ顔を確認してみると、確かに可愛かった。少し童顔だが、海外の人形のような綺麗な目鼻立ちをしている。クラシカルなロングスカートのメイド服が、今風なメイクの彼女に逆にマッチしていて、これはこれでありだな、と上から目線な感想を持った。会場からも、「可愛いー」「もえかー！」と黄色い声があがっている。

「えー、それでは学部とお名前をお願いします！」

二階堂蓮がメイド服の女性にマイクを向ける。

「え、えっと……看護学部二年、三嶋萌花《みしまもえか》です」

メイド服の女性は、少し声を震わせながら自己紹介をする。三嶋さんというらしい。結構緊張しているようだ。

彼女の背後のモニターには、丁度彼女の顔を映しているカメラ映像が半分、もう半分にはプロフィールが映し出されていた。名前、学部、趣味、将来の夢……SNSのアカウントまで載っている。ミスコンに参加した理由は……人前で話す事が苦手で、そんな自分を変えたかったから、か。めちゃくちゃいい理由じゃないか。

それから少しの間、画面に映っている内容をインタビュー形式で答えるやり取りが続き、三嶋さんは何度も詰まりながらも最後まで答え切る事が出来た。いいぞ三嶋さん。

「それでは――早速ではありますが、アピールタイムに移ろうと思います！　今回のミスコン、アピールの内容は――ずばり『告白』です！」

うぉおおおおおおおおお！！！

地鳴りのような歓声が会場から沸き起こる。ケイスケも腹の底から声を張り上げていた。めちゃくちゃ楽しんでるなお前。

壇上では、二階堂蓮が三嶋さんからこちらに向き直った。

「えー、それでは僭越《せんえつ》ながら、私が皆様を代表して告白の相手をさせていただきます。御覧の皆様は、私を皆様自身に置き換えて、彼女たちの真心を受け止めてあげてください」

死ねー！　とケイスケが叫んだ。テンション上がり過ぎだろコイツ。

だが…………これは俺も少し微妙な気持ちだった。二階堂蓮が告白の相手を務めるという事は……つまり真冬ちゃんがアイツに告白するという事だ。

いくらシミュレーションとはいえ、それを想像すると心がざわついた。

「それでは……いけますか？　あなたのタイミングで大丈夫ですよ」

言いながら、二階堂蓮はマイクを三嶋さんに手渡した。いかにも女性慣れしてますという流れるような仕草。

カメラに抜かれた三嶋さんは、小さく震えながら下唇を噛《か》んでいる。ガッチガチに緊張していた。会場はシーンと静まり返り、今か今かとその時を待っている。

三嶋さんが小さく深呼吸をし――――ぐっ、と二階堂蓮に顔を合わせた。

「えと…………あ、あなたのことが……すきです！　私と……付き合ってもらえませんか……？」

静まり返った会場に、三嶋さんの真っすぐな気持ちが響いた。

一瞬の静寂の後――――雪崩のような拍手、歓声が会場を包み込む。隣の男など「いやー、こちらこそよろしくお願いします」と頭を下げていた。さっき死ねーと叫んでいた男と同一人物とは思えない。

「おい蒼馬、今のめっちゃキュンとしたな！」

ていた。

「ん？　あー……そうな」

俺の頭の中では――真冬ちゃんがあいつに告白する、そのことがずっと引っ掛かっ

◆

そんな所見たくない。

そう思っても、時は止まってくれない。いつの間にか二人目の時間は終わっていて、ついにその時がやってきてしまった。

エントリーナンバー３番………真冬ちゃんの番だ。

「蒼馬、次だぞ次！」

「あ、ああ……そうだな」

とにかく気が重い。

頼むから出て来ないでくれ――そんな俺の願いも空《むな》しく。

ドゥクドゥクと心臓に響くクラブミュージックと共に――煙の中からメイド服姿の真冬ちゃんが現れた。

「うおおおおおやべえええええ！　めちゃくちゃ可愛い！」

空が割れんばかりの歓声。

拍手が地鳴りのようにパイプ椅子を震わせる。

さっきまでも盛り上がっていたが、比べ物にならなかった。

「………なんかスカート短くないか？」

どうやら人によってメイド服のデザインが違うようで、真冬ちゃんが着ているのは先程までの二人が着ていたクラシカルなタイプではなかった。スカートが膝上までしかない、ドレスのようなタイプ。メイド喫茶仕様と言えばいいんだろうか。

真冬ちゃんはステージの上できょろきょろと視線を彷徨《さまよ》わせていた。それに気付いた俺は、瞬間的に笑顔を作り手を振る。真冬ちゃんは俺に気が付くと、ホッとした様子で正面に向き直った。良かった、気付いてくれたみたいだ。

「それでは……学部とお名前をお願いします！」

二階堂蓮も、心なしか声が上ずっている気がする。物凄い人気だな、真冬ちゃん。

「………工学部一年、水瀬《みなせ》真冬です」

氷のような真冬ちゃんの声が、マイクを通して会場に広がる。真冬ちゃんが何かを話す度、会場からふぅーー！　と喝采が起きた。マジでライブ会場みたいだ。

「―――え」

俺はモニターに目を向け、唖然《あぜん》とした。そこにはとんでもない事が書いてあった。

・名前……水瀬真冬

・学部……工学部一年
・SNS……やってません
・趣味……蒼馬くんが作ってくれるご飯を食べること
・将来の夢……蒼馬くんのお嫁さん
・ミスコンに参加した理由……頼まれたから
・ミスコンへの意気込み……賞品の旅行券で蒼馬くんと旅行に行きたいです

「……な、なんだありゃ……」

目に飛び込んできた情報を脳が処理出来ず、俺は硬直した。耳からは画面に書かれている内容が音声として入ってきて、その度に黄色い歓声が鼓膜を破壊しにくる。

……と思いきや物理攻撃も飛んできた。我に返ると、ケイスケが肘で俺を小突いていた。

「愛されてるねえ、このこの！」

「あ、ああ……」

俺はまだ現実が呑《の》み込めず、何とか相槌《あいづち》を打つ事しか出来ない。壇上では二階堂蓮も困った様子で汗をかいていた。まさかこんな事で奴と同じ気持ちになるなんて。

「……っ、それでは次に、アピールタイムに移りたいと思います！　私が相手を務めますの――」

「――すみません、ちょっといいですか？」

真冬《まふゆ》ちゃんが手を上げ、二階堂蓮を遮る。

「な、なんでしょう………？」

想定外の展開に、二階堂蓮の声が初めて揺れた。マイクを真冬ちゃんに向ける。

「告白の相手、替えてもらいたいんですけど」

「替えるッ!? だ、誰に……？」

「彼氏です。私、蒼馬《そうま》くん以外に告白したくないので」

そう言い放ち、真冬ちゃんはゆっくりと腕を上げ俺を指差した。

「――っ」

会場中の視線が俺に突き刺さり、途端に汗が噴き出す。血液が急速に循環し始め全身がむず痒《がゆ》くなった。一体何が起きている……？

「蒼馬くん、来て？」

いつの間にかマイクを持っていた真冬ちゃんが、こちらに視線を向け、言う。呆気《あっけ》にとられ、俺は動けない。身体《からだ》が石になってしまったみたいだった。

「………ほれ蒼馬、行ってこい！」

ドン、と突き飛ばされるように、俺はパイプ椅子から射出された。思わず振り返ると、ケイスケがキメ顔でウインクしていた。何のつもりだよ……でも、ありがとな。

視界の端では、大勢の人間が俺を見ているのが分かった。心臓がきゅう、と悲鳴をあげる。足が地面を蹴っている感覚がない。まるで空を飛んでいる気分。

──気が付けば、俺はステージの上で真冬ちゃんと向かい合っていた。観客側の左半身だけ、燃えるように熱い。

「……蒼馬くん」

真冬ちゃんの声が、肉声とスピーカーで二重になって聞こえる。

「メイド服……どうかな? 久しぶりにスカート穿《は》いたから、ちょっと恥ずかしいけれど」

真冬ちゃんが、軽く腕を開いてメイド服をアピールしてくる。俺は真冬ちゃんに促されるがまま、真冬ちゃんの姿を改めて視界に収めた。

「……」

──可愛《かわい》い。

とてつもなく、可愛かった。

「凄《すご》く可愛いよ、真冬ちゃん」

現代風にリメイクされたメイド服は、古来より受け継がれた機能美の中にフリルやレースを主体とした可愛らしい装飾が施されていて、エレガントな雰囲気の中に繊細で可憐《かれん》な印象を与えていた。久しぶりに穿いたというスカートには細かなプリーツやレースが施されていて、そこから伸びるすらっとした脚が強烈に俺の目を惹《ひ》き付ける。確かに、真冬ちゃんのスカート姿は初めて見たかもしれない。はっきり言って衝撃的だった。

真冬ちゃんのトレードマークと言ってもいい絹のような黒いストレートロングヘアーは、白黒を基調とした清潔感溢《あふ》れる生地に完璧にマッチしていて、上品で優雅な印象を際立たせていた。給仕服に身を包んでいるのに、どこからどう見てもお嬢様にしか見えない。

「………そっか。嬉《うれ》しいな」

ボソ、と真冬ちゃんが呟《つぶや》く。

その小さな声はマイクにより会場全体に響き渡り、やがて滝のような歓声となって返ってきた。ヒューヒューと野次馬のような声がひっきりなしに聞こえている。

「蒼馬くん。伝えたい事があるんだけれど……聞いてくれる？」

――雷雨のように暴れまわっていた歓声が、ピタッと止《や》んだ。時が止まったように一切の物音がしない。まるで世界に、俺と真冬ちゃんしかいなくなってしまったようで、真冬ちゃんの心臓の音まで聞こえてきそうだった。

「………うん」

俺は覚悟を決めた。

覚悟を決め――真冬ちゃんに視線を合わせる。真冬ちゃんも俺を見ていた。いつもの氷のように冷たい視線が、今は少しだけ融《と》けている。

真冬ちゃんの瞳の中の光が、炎のようにユラと揺らめいた。

「――蒼馬くん。この大学で、蒼馬くんにまた会えて………私、本当に嬉しかった」

俺と真冬ちゃんしかいない世界で——止まった時はまだ動き出さない。

「私がこうやって大学に通えているのは………間違いなく蒼馬くんのお陰だよ。いつも、一緒にいてくれてありがとう。これからも、どうかよろしくね」

真冬ちゃんは、少し恥ずかしそうに、ゆっくりと微笑《ほほえ》んだ。

「——大好きだよ、蒼馬くん」

◆

「お待たせ、蒼馬くん」

先程までの熱狂はどこへやら。無人になったミスコン会場でひとり座って待っていると、私服に戻った真冬ちゃんがトロフィーを片手に小走りでやってきた。メイド服も可愛かったけど………やっぱり真冬ちゃんはパンツスタイルが似合うな。

「お帰り、真冬ちゃん。そんな急がなくても大丈夫だったのに」

ミスコンが終わってからまだ三十分しか経《た》っていない。優勝者はインタビューやら写真撮影やら、やることが沢山あっただろうに。

「これからひよりさんのライブでしょう？　寧《むし》ろ、待っていてくれてありがとう」

言いながら、真冬ちゃんは俺の隣に腰を下ろす。パイプ椅子がキィと小さく鳴いた。

「直接おめでとうって言いたかったんだ。少ししたら行くけどね」

実のところ………もう開演時間には間に合いそうになかった。時刻は既に三時半。ライブ会場の幕張へはここから一時間くらいかかるから、開演時間の四時にはどうやっても間に合わない。諸々《もろもろ》込みで一時間くらい遅刻しそうだった。

本当は結果発表を見たらすぐに移動しようと思っていたんだが………あんな事があれば流石《さすが》に直接話したくもなる。

「改めて………優勝おめでとう、真冬ちゃん」

何となく照れ臭く、俺はステージに目を向けながら言った。横目に映る真冬ちゃんも、俺と同じ方向を見ているみたいだった。

「ありがとう。………正直、まさかの結果でびっくりしちゃった」

ネット投票により行われた審査の結果………真冬ちゃんはなんと86パーセントという驚異の得票率で優勝を果たした。

『アピールタイムの告白がキュンとした』

『ギャップに痺《しび》れました』

『末永くお幸せに』

などといったコメントが多数寄せられたようで、結果としてあの大立ち回りが優勝の決め手になったらしい。苦虫を噛《か》み潰したような表情でコメントを読み上げる二階堂蓮《にかいどうれん》の姿が妙に瞳に焼き付いていた。

「あはは、圧勝だったね………あれは元々考えてたの?」

観客である俺を巻き込んだ、大掛かりなアピールタイム。正直なところ、今でも現実味がなかった。あれは本当にあった出来事だったんだろうか?

真冬ちゃんはトロフィーの縁を指でなぞりながら答える。

「うん。私、蒼馬くん以外の人に告白したくなかったから。それに……こうすれば私が彼氏一筋だってアピール出来ると思ったの。私たち………色々言われてるでしょう?」

「ああ——なるほど。そういう狙いがあったのか」

真冬ちゃんの言葉に、俺はハッとした。

俺と真冬ちゃんのカップルは、大学で酷《ひど》い言われようをしている。やれ『大学の七不思議』だの、『トンビと鷹《たか》のカップル』だの、『人の物ほど欲しくなる』だの。

俺が不甲斐《ふがい》ないせいで、真冬ちゃんの平穏な学校生活は再び脅かされようとしていた。

真冬ちゃんはそれを分かっていて、あえてステージ上で一芝居打ったんだ。

「ごめんなさい、利用するみたいになっちゃって。でも、このままずっと蒼馬くんに迷惑をかけ続けるくらいなら……思いっきりやっちゃった方がいいのかな、とも思って」

「俺もこれで良かったと思うよ。このままだと真冬ちゃんはとんでもない事になってたと思うから」

流石にあそこまでやれば真冬ちゃんに言い寄る輩《やから》もいなくなるだろう。今思えば二階堂蓮もステージ上で真冬ちゃんの事を意識してた気がするし、本当に危ない所だった。

それにしても…………あれが真冬ちゃんの作戦だったとは。なんというか……肩の力が抜けた。

「でも、びっくりしたよ。まさかステージに上がるとは思ってなかったしさ。真冬ちゃんの告白も妙にリアルだったし」

正直、本当に告白されてるんじゃないかと錯覚してしまったくらいだ。今だってまだ少しドキドキしている。まさか真冬ちゃんがあんなに演技が上手《うま》かったとは。

「…………おっと」

ちら、とスマホを確認し俺は立ち上がった。

「ごめん、俺そろそろ行くね」

流石にそろそろリミットだった。

「真冬ちゃん、本当におめでとう。学祭最後まで楽しんで」

こりゃ駅までダッシュだな――――そんな事を考えながら、俺は真冬ちゃんに軽く手を振り、小走りでミスコン会場を後にした。

「…………演技じゃないよ、蒼馬くん」

ザッザッという自分の足音が、何故《なぜ》か真冬ちゃんの声に聞こえた。

…………やっぱりまだ動揺してるのかな。

ミスコン会場を後にし、体力の続く限り走る。学祭の日は普段は閉鎖されている出口も開放しているから、大学の敷地内をかなりショートカット出来そうだな。リュックの中ではライブで使うサイリウムががちゃがちゃと音を立てて揺れていた。傷付かないでくれよ……。

普段は通らない「社会科学何とか研究センター」とかいう謎の建物の脇を抜け、駅から最も近い出口へ。ここは普段閉鎖されている事もあって馴染《なじ》みがなく、人気がほとんどなかった。木漏れ日の中で鳥の鳴き声だけがこだましている。

滝のように流れ落ちる汗を手で拭いながら走っていると、やっと出口が見えてきた。ここから出れば十分かからず駅に着ける。普段から開放してくれればいいのにな、ここ。

肩で息をしながらやっとこ出口へ。門をくぐろうとしたその瞬間――――近くの謎のほっ立て小屋の方から、言い争うような声が聞こえてきた。

「……………の、――――――てくださいっ」

「――ってそういう――――…………だろ？」

男女の声だ。パッと聞く感じでは、女性の方が何かを拒否しているのか？

「…………」

俺の足は、門の一歩手前で止まっていた。

…………理性の部分が「深く考えるな」「駅へ走れ」と叫ぶ。「止まったら戻れなくなるぞ」と。スマホを確認すると丁度開演時間になっていた。

「えっ…………ほんとに…………ますから……！」

「いいからいいから――――…………じゃん」

言い争う声は止まらない。それどころか、段々と男の語気が強くなっていく。言葉の端々に苛立《いらだ》ちが見え始めるのがここからでも分かった。

…………放っておく事など、出来るわけがない。身体《からだ》を反転させ、そちらに足を向ける。

「――ああもう、俺はどうしてこうなんだ……」

ひよりんはもうステージに立ってしまっただろうか。

チケットの番号は教えてある……もしかして俺の姿を探してしまっただろうか。

そこだけぽっかりとサイリウムの光がないことに、気が付いてしまっただろうか。

……今だけは自らの席運のなさを喜ぼう。これでアリーナ最前などであれば、間違いなく気付いてしまっただろうから。

掘っ立て小屋の角を曲がり、声のもとへ。そこには――――。

「二階堂蓮……？」

――ミスコンのステージで司会を務めていたとてつもないイケメン、二階堂蓮が女性に迫っていた。

壁際に追い詰められている女の子と、語気を荒らげる男――――状況確認は一瞬で済んだ。ケイスケから「奴《やつ》はヤリチンだ」と教えられていた事がその助けになったのは言うまでもない。

俺は二階堂蓮のもとへ走った。

「おい、何やってるんだよ」

あれ、そういえば二階堂蓮って何年生なんだろう……タメ語を発した途端に疑問に思う。まあ時すでに遅し。無理やり女性に迫るようなやつに敬語なんか使う必要もないか。

「あ？　なんだお前――――ッ、お前は……」

二階堂蓮は苛立ちを隠そうともせず振り向いた。そこにはステージ上で見せていた紳士な雰囲気も、甘い笑顔も全くない。うちの学生の半分を毒牙にかける恐るべき男の姿がそこにあった。

「あ、え……？」

花柄のワンピースを着た女の子は、何が何だか分からない、というようにきょろきょろと視線を彷徨《さまよ》わせる。小動物を思わせるその仕草に……俺は見覚えがあった。

「あれ……えっと、ミスコンに出てた……三嶋《みしま》、さん？」

服こそメイド服ではないものの、ステージ用にセットされたアップの髪はまだそのままだったから分かる。間違いない、このつい守ってあげたくなるような女の子は看護学部二年の三嶋さんだ。ミスコンに参加した理由は人前で話す事が苦手でそんな自分を変えたかったから、の三嶋萌花《もえか》さん。

三嶋さんは名前を呼ばれた事に気が付くと、素早く、そして小さく頭を下げてきた。

「あ、えっと……はい、そう、です」

ペコペコ、と何度も頭を下げてくる。この一瞬だけで彼女の人見知りが嘘《うそ》ではない事が分かるな。

三嶋さんに近付こうとすると、二階堂蓮が間に割り込んできた。綺麗《きれい》な顔を歪《ゆが》めて俺を睨《にら》みつけてくる。

「てめえ………天童蒼馬《てんどうそうま》。何の用なんだよ」

不意にフルネームを呼ばれ、キョトンとしてしまう。

「あれ、俺の事知ってるの？」

「ったりめえだろ！　さっきはめちゃくちゃやりやがって」

二階堂蓮は結果的に俺と真冬《まふゆ》ちゃんのやり取りを一番近くで見ていたからな。司会という立場からそう言いたくなる気持ちも分かるんだが。

「あれは、うん。悪かった。それはそれとして、あの時名乗ったっけ？」

真冬ちゃんは蒼馬くんとは言っていたけど、苗字《みようじ》までは言ってなかったと思うんだが。

俺の疑問を、二階堂蓮はハッと鼻で笑った。

「てめえ有名人なんだよ。皆に何て言われてるか知ってっか？」

「知らないし興味もない。それより何やってたんだよ。三嶋さん、嫌がってるように見えたけど」

二階堂蓮は俺を煽《あお》るつもりだったんだろう、だが俺が乗ってこないので不満そうに鼻を鳴らした。

「チッ……なんでてめえみたいな奴が水瀬《みなせ》真冬と……マジで意味分かんねえ」

それは俺も分からん。大学の七不思議だ。

「質問に答えろよ。三嶋さんに何やってたんだって聞いてるんだけど」

聞くまでもなく、なんとなく想像は付くが。

二階堂蓮は面倒そうに手を払うジェスチャーをする。

「てめえに関係ねえだろ。さっさと消えろよ」

「そういう訳にもいかないよ。…………三嶋さん、何があったか教えてくれるかな？」

「ッ…………うぜえなもう！」

三嶋さんに近寄り声をかけようとすると、二階堂蓮が俺を摑《つか》もうと地面を蹴り――

俺の方に歩いて来ていた三嶋さんに思い切りぶつかってしまう。

「きゃっ！」

三嶋さんは思い切り地面に倒れ込んでしまった。

「あ――もう！　うぜえ！」

二階堂蓮《にかいどうれん》は自分がぶつかって転ばせてしまった三嶋さんを一瞥《いちべつ》する事もなく、頭を振り乱しながら歩き去っていく。女性を転ばせてしまって面倒な事になりそうだと瞬時に判断したんだろう。謝りもしないで……とんでもない奴だ。

――――が、奴の事は今はどうでもいい。

「三嶋さん、大丈夫？」

三嶋さんに駆け寄り、傍《そば》にしゃがみこむ。大きな怪我《けが》はないだろうけど、下は砂利だ。すりむいたりしているかもしれない。

三嶋さんはびっくりした様子で、まだ立ち上がれていなかった。茫然《ぼうぜん》とした表情で二階堂蓮の背中に視線を送っている。

「…………痛っ」

立ち上がろうとした三嶋さんが、足首を押さえ顔を歪めた。

「痛むの？　無理に動かさない方がいい」

「は、はい…………ちょっと痛いかもです……」

三嶋さんは諦めたように砂利に座り込んだ。黒のスニーカーが砂利で灰色に汚れている。押さえていた所を見てみる限り血が出てたり腫れてたりはしてないみたいだけど、捻《ひね》った場合は時間差で腫れることもあるからな…………。

「え、えっと……あの、天童さん……ですよね……？」

三嶋さんの足を凝視していると、三嶋さんがおずおずと話しかけてきた。

「ああ、ごめん。自己紹介がまだだった。三年の天童蒼馬……さっきのミスコンで見た通り、と言った方がいいのかな」

ミスコン参加者の三嶋さんに、それ以上の自己紹介はいらない気がした。三嶋さんははは……と控えめに苦笑する。そりゃそういう反応になるか。

「その……ありがとうございます。助けていただいて……」

三嶋さんはやっと落ち着いてきたのか、ホッとした様子で言った。その反応に俺もホッとする。とりあえず俺の勘違いなどではなかったらしい。これで二階堂蓮と三嶋さんの言い争いが痴話喧嘩《げんか》だったりしたら、俺は完全に痛い奴だった。

「えっと……何があったのか聞いていいかな？　大体想像出来るけど……」

大方、ミスコンで三嶋さんを気に入った二階堂蓮が無理やり迫ったんだろう。三嶋さんは人見知りのようだし、押せばいけると思ったのかもしれない。

「その前に……ずっと地べたに座ってるのも良くないか。服も汚れちゃうだろうし。立て……ないよね？」

一応、聞いてみる。三嶋さんは手で足首の様子を確かめ……小さく首を横に振った。

「了解。捻挫だと思うけど、一応ちゃんと先生に診てもらった方が良い。保健室までおぶっていくよ」

「えっ、……えっ……!?」

リュックを前に持ち替え俺が三嶋さんに背中を向けると、三嶋さんは挙動不審な声をあげた。中々乗ってくれないので、一度振り返る。

「三嶋さん？」

「え、あ、いや…………おんぶ……ですか？」

三嶋さんは顔を赤くして、あたふたしている。

「うん。下手に動くと悪化するかもしれないから。おんぶが嫌なら、他の方法も考えるけど」

言いながら、他の方法って何だよと自分にツッコミをいれる。初対面の相手にお姫様抱っこは流石《さすが》にハードルが高すぎる。車椅子は……どこかで借りられるんだろうか。大げさな気もするが。

「えっと……ごめんなさい。ちょっとだけ……時間を貰《もら》ってもいいですか？」

「うん。自分のタイミングで大丈夫だよ」

三嶋さんはどうやらおんぶ自体が嫌な訳ではなく、ただ時間が欲しかったようだ。暫《しばら》く待っていると、三嶋さんは遠慮がちに背中に乗ってきた。

これは……静《しず》か と同じくらいだな。かなり軽い方だろう。

「し、失礼……します」

「よっと。軽いね、三嶋さん」

足腰に力を入れ立ち上がると、三嶋さんがぎゅっと俺に抱き着いてきた。落とさないように太ももをホールドして、俺たちは無事に安定を掴む事が出来た。

「……保健室ってどこだっけ。三嶋さん、分かる？」

「あ、はい。私、看護学科なので……」

「そっか。じゃあ案内お願いしていいかな？」

看護学科と保健室の場所が分かる事に、どんな関係性があるのかは分からなかったけど、とりあえず三嶋さんが知っていて良かった。三嶋さんの案内で、俺たちは保健室に向かった。

……頭の中で、時計の針がカチ、カチ、と嫌な音を立てている。

「……なるほど。じゃあ二階堂蓮がアピールの告白を変に受け取ってきたってわけだ」

三嶋さんに話を聞いた限り、二階堂蓮はとんでもない勘違い野郎だという事が分かった。

奴は三嶋さんを人気のないところに呼び出し、アピールタイムの告白を「あれ本気だったんだろ？」と曲解して三嶋さんに迫ってきたらしい。ミスコンで本気の告白をする人なんていないのにな。

「多分……私、びっくりして……本当に怖かったです……」

「そりゃそうだ。あんな奴に迫られたら怖いに決まってるよね」

人見知りの三嶋さんなら余計に怖かっただろう。それを分かっていてやっていたとしたら……二階堂蓮、本物のクズだ。

「いくらイケメンでも、あんな性格じゃ嫌だよなあ」

まあ、それでもモテてしまうのが現実だが。悔しいが顔はぐうの音も出ないほどかっこよかったしな。

「そうですね……あ、あの建物に入ってもらってもいいですか？」

「あいよ。保健室ってE棟の中にあったんだ。全然知らなかったな」

怪我する事なんてほとんどないしなあ。サークルも入ってないし、余計に。

「……でも、天童さんが水瀬さんと付き合ってるのは、何か分かる気がします」

「えっ!?　きゅ、急にどうしたの……？」

E棟に向かって歩いていると、三嶋さんがとんでもない事を言い出した。

「あ、急にごめんなさい。あの……天童さんと水瀬さんって、色々言われてるじゃないですか。でも、私はお似合いだなって、そう思ったんです」

それは一体どういうところでなんだろうか。純粋に気になるな。

それにしても………三嶋さん、出会ったばかりの時より喋《しゃべ》るようになったなあ。緊張がほぐれたんだろうか。

「天童さんは、見ず知らずの私にもこんなに優しくしてくださって………なんというか、一緒にいて安心する人なんだなあ、って」

「それは……買い被《かぶ》りすぎだよ。俺だっていつでも優しいわけじゃないし」

部屋の汚さに我慢しきれず静に怒る時もある。全然効いている感じはないけど。

「そんなことないです。ミスコンの告白も…………私、いいなあって思ったんです。私もあんな恋がしてみたいな……って」

「………そうなんだ」

あの告白が実は演技だったと知ったら、三嶋《みしま》さんはどんな顔をするだろうか。きっと悲しませてしまうよな。

「あはは……ごめんなさい……私、喋り過ぎですよね……」

「ううん、そんな事はないけど………あ、保健室どっち？」

「あ、そこを右です。曲がったところにあります」

三嶋さんの案内の通り進み、俺たちは無事保健室に辿《たど》り着いた。

中に入り——おかしな事に気が付く。先生がいないのだ。

「？　どうしたんだろ。とりあえずベッドに降ろすね」

「あ、はい。ありがとうございます」

三嶋さんをベッドに降ろし、ぐるぐると肩を回してマッサージする。三嶋さんは決して重くはないんだけど、それでもかなりの距離を歩いたから肩が悲鳴をあげていた。

「先生はいないのが普通？」

「いえ……そんな事はないと思うんですけど」

「うーん……学祭だから他の場所に出張ってるのかな」

「あ、そうかもしれないです」

だとしたら、困った事になった。勝手に備品を使っちゃまずいだろうし、それ以前にどう治療したものか分からない。どういう怪我なのかも分からないし。完全にお手上げだ。

「一応聞くんだけど、三嶋さんは自分で治療出来そう？」

看護学科だし、もしかしたらお茶の子さいさいかもしれない。

そう思って訊《き》いてみたんだが……残念ながら足は専門外との事だった。あと、やはり勝手に備品を使うのはダメらしい。そうなら常駐していてほしいものだが。

「うーん……」

我慢出来ず、時計を確認する。当たり前だが開演からかなり時間が経《た》っていた。はっきり言って洒落《しゃれ》になっていない。俺はこんなところで何をやっているんだ？

気味の悪い悪寒が、胃の底からせりあがってくる。本当にこれは現実なのか。何故《なぜ》俺はライブ会場にいないんだ。学校をズル休みした時のような変な高揚感と、取り返しのつかない事をしてしまった絶望感が心の中でないまぜになっている。不意に足元が覚束《おぼつか》なくなり、俺はたたらを踏んだ。頭が上手《うま》く回らず身体《からだ》までおかしくなってきた。

「……ごめん。俺、そろそろ行っていいかな？　多分先生もすぐ戻ってくると思うから――」

そう言って、俺はベッドに座る三嶋さんに背中を向ける。一歩踏み出して――シャツが引っ張られる感覚に俺は足を止めた。

振り向くと……三嶋さんが俺のシャツの裾を指でつまんでいた。

「えっと…………」

「あの……もう少しだけ、一緒にいてもらってもいいですか……？　一人になるの、少し、怖くて…………」

そう言う三嶋さんの指先は、僅かに震えていた。勇気を振り絞ってミスコンに出たというのに、そのせいで男に迫られ怪我をしてしまった三嶋さん。一人になるのを怖がるのは、仕方のないことかもしれなかった。

「…………」

流石に無理だ。

断れよ、俺。

これ以上付き合ったら、本当にライブに間に合わなくなるぞ。

「…………」

分かってる。そんなことは言われなくても。

大丈夫、今断るさ。

……ちゃんと、断る。

「…………分かった。先生が来るまで一緒にいるよ」

俺は傍にあった椅子を引き寄せる。腰をつけると同時に、何もかもが終わった実感が湧いた。

……今ほど自分の性格を呪った事はない。

先生に三嶋さんを引き渡した時には、既に六時を回っていた。

今から急いだところで絶対に間に合わない。遅刻どころか、参加する事すら出来ないなんて。

……………もう、何もかも終わりだった。

「…………何やってんだろ、俺」

こんな時間なのにまだ青い夏の空が、悲しみに浸る事すらさせてくれない。道行く学祭帰りの人たちが、楽しげに話しながら俺を追い抜いていく。楽しい世界で、俺だけが一人だった。

一粒だけ涙がこぼれ落ちる。なまじ自業自得だと分かっているから、泣く事すら躊躇《ためら》われた。救えない事に、俺は三嶋さんに付き合った事自体は後悔していなかった。

それから――――の事は、あまり覚えていない。

恐らく俺は電車に乗り、身体に染み付いた動作で自宅の最寄り駅で降り、足が進むままマンションに帰ってきたんだろう。気が付けば俺はエレベータを降り、自宅の階にいた。

我に返ったのは、そこで静に話しかけられたからだ。

「ありゃ、蒼馬《そうま》くんじゃん。もう帰り？」

シャツ一枚というラフな格好の静は、恐らく夜ご飯でも買いに行くんだろう。今日は蒼馬会はなしと伝えていたから。

「…………ああ」

息を吐きだすと、うめき声だか相槌《あいづち》だか分からない声が出た。

静は俺に近付くと、俺の顔を覗《のぞ》き込むように周りをうろちょろする。

「ん？　どしたどした、なんかローテンションだねえ？…………あ、ひよりさんのライブが凄《すご》すぎて生気を失ったとか？」

分かった、とばかりに静は指を向けてくる。

…………本当なら、痛い所を突かれて苦しいはずだ。だって俺はライブに行けなかったんだから。何も知らない静にこんな事を言われたら、心に突き刺さるはずだ。

だけど俺は…………最早《もはや》何も感じなかった。

悔しさも、悲しさも…………申し訳なさも、本来湧き上がるはずの全ての感情が、どこかに行ってしまっていた。

「…………悪い。ちょっと一人にしてくれないか」

「え、ちょっ、蒼馬くん!?　私何かやっちゃった!?」

静の声を置き去りにして、俺は自宅に帰ってきた。

乱暴にリュックを置くと、使うはずだったサイリウムがカチッと軽い音を立てた。

◆

じ――――――……………っと蒼馬くんが消えていったドアを見つめながら、考える。

「…………絶対おかしかった、今の蒼馬くん」

ちょっと、あまりにもテンション低くなかった？

最初は私が何か言っちゃったのかなと思ったけど、蒼馬くんはそういう人じゃないし。

……あそこまで死んだような目の蒼馬くんは、間違いなく初めて見る。蒼馬くんはいつもふんわり柔らかくて、ぽわーっと私を包み込んでくれるんだもん。正直、ちょっとびっくりした。

「うーん…………どうしたのかな……」

名探偵・林城《りんじょう》静《しずか》、出動。

とりあえずは今日の蒼馬くんの行動を洗ってみる。ごしごし。

「蒼馬くんは確か……学祭に行って、そこからひよりさんのライブに行ったんだよね」

びっくりしたのは、なんとゼリアちゃんのお兄ちゃんが、蒼馬くんと同じ大学に通っているらしいことだ。

それでゼリアちゃんに「学祭一緒に行かないか」と誘われたんだけど、どうしても配信スケジュールが合わせられなくて断ってしまった。せめてもう少し早く言ってくれればなんとかなったんだけどなあ。前日の夜は無理だよ。

…………話が逸《そ》れた。

「学祭ではどうだったんだろ……？」

私はコンビニへ向かいかけていた足を止め、真冬《まふゆ》の家へ。インターホンを連打すると、いと迷惑そうな表情の真冬が出てきた。

この顔……ははーん、さては寝てたな。それはごめん。

「……死ね」

「いや死ねはおかしいでしょーが!? 閉めるな閉めるな!」

死神みたいな顔をした真冬が、私を見るなりドアを閉めようとする。私は慌てて足を差し込んだ。挟まれて普通に痛い。

「……なんなの? 私、眠いのだけれど」

大した用じゃなかったら殺す——暗い瞳にはそう書いてあった。私への当たり強すぎない? 泣いちゃいそうなんだけど。

……でも、今日は大した用だから怯《ひる》むことはない。私は早速本題に入ることにした。

「ねえ、学祭で蒼馬くんどうだった?」

私の質問に、真冬は僅かに首を捻《ひね》る。

「……どう?」

「何かおかしな所なかった? 怪我《けが》したとか」

私がふざけているわけじゃないと真冬も分かったようで、首を傾《かし》げつつも真剣な表情になる。

「……別に、普通だった気がするけれど」

「そっか……蒼馬くんは学祭が終わった後ひよりさんのライブに行ったんだよね？」

「そのはずだけれど。私、直前まで一緒にいたから」

「なぬっ。…………まあ今はいいか。ありがと、じゃあおやすみ！」

「ちょっ、なんな——」

私が足を引き抜くと、勝手にドアが閉まって真冬は消えた。ゆっくり休んでおくれよ。

「うーん…………どういうことだ……」

とりあえず分かったのは、学祭までは蒼馬くんは普通だった。その後で、何かあったんだ。

「その後っていうと…………ライブ？」

エントランスをうろうろ歩き回りながら、普段使ってない頭をフル回転させる。なんか歩いてる方が頭回ってる気がするんだよね。

「…………というかさ、帰ってくるの早くない？」

まだ七時にもなっていない。

私はよく分からないけど、ライブってそんなすぐ終わるもん？

…………確か今日のライブは幕張って言ってたような。行った事ないけど、多分一時間は掛かると思う。

「…………怪しい」

私はスマホを取り出して、「ザニマス」で検索をかける。そして公式サイトにアクセスし、ライブ情報のページへ。

えっとえっと……あった。サードライブだったんだね、今日。

「開園時間は……四時」

さっき帰ってきたってことは、向こうを六時前に出たことになる。ライブは二時間足らずで終わったってこと？

「うーん……流石《さすが》に早い、よね」

ブラウザを閉じ、今度はツブヤッキーを開く。検索欄に「ザニマス」と打ち込んで
――表示順を最新へ。

これは私がエゴサする時によく使うやり方だ。配信が終わった直後にやると、リアルタイムで感想が見られるんだよね。

果たして結果はというと――。

「――うそ」

ライブは……確かに終わっていた。

――つい、三分前に。

丁度今、ライブに参加した人の感想が滝のように投稿されていた。終わったのが一時間前なら、流石にこの速度で書き込みは起きない。

「…………ッ！」

私は、思わず蒼馬くん家《ち》のドアを見てしまう。しっかりと閉められたドアが、まるで全員を拒絶しているみたいに感じた。

「蒼馬くん………ライブに行ってない…………？」

理由は分からないが、多分そうだ。だからテンションが低かったんだ。

理由は全然分からないけど、何かがあって、蒼馬くんはひよりさんのライブに行けなかったんだ。

「…………え――――どうしよう。…………どうしたらいいんだろう」

蒼馬くんがどれだけライブを楽しみにしていたか、私は知っている。

悔しいけれど、蒼馬くんはザニマスが大好きなんだ。ここ最近はずっとライブの話ばかりしてて、私はちょっと妬《や》いたりしたけど……ザニマスの話をする時の蒼馬くんの顔を見たらそんな気持ちも吹っ飛ぶくらい、蒼馬くんはライブを楽しみにしてた。

そんな蒼馬くんが………ライブに行けなかった。

「やばい…………これはやばいよ…………」

あたふたあたふたとエントランスを歩き回る。世界で私一人だけ、世界の滅亡を知ってしまったような気分だった。でもそれも間違いじゃなくて、多分蒼馬くんの心は今滅亡してるんだ。

そしてそれは――――悔しいけど、私じゃどうにも出来ないんだ。

……私はスマホのロックを解除して、ルインのアイコンをタップする。現れる友達欄から、とある名前を探し出す。

――世界の滅亡を、唯一止められる人の名前を。

◆

「――お疲れさまでしたっ！！」

皆で大きな円陣を組んで――最後の元気を絞り出す。ふわっと身体《からだ》が軽くなり、心地の良い疲労感と達成感が身体中に広がった。

汗だくの身体がこれ以上なく気持ちいい。全部、本当に全部出し切った。間違いなく最高のライブになったはず。観《み》に来てくれた皆の笑顔で、それが確信出来た。

……蒼馬くんも、楽しんでくれたかな。

「ひより――んっ！　おっつかれー！」

どーん、と背中に柔らかい衝撃。後ろから誰かに思い切り抱き着かれる。

「玲奈《れな》ち。おつかれー！　サイコーだったねー！」

一緒にユニットを組んでいる玲奈ちとあーちゃんは、ライブ中、一心同体と言ってもいい存在だ。いいパフォーマンスが出来たのも二人の力が本当に大きい。玲奈ちの腕に触りつつあーちゃんの姿を探すと、あーちゃんは私たちのように同じ事務所所属の声優とお疲れ様を言い合っていた。あとで話しかけにいこうかな。

「ねえねえひよりん、今日の『Milky way』、会場めちゃくちゃ盛り上がってなかった!?やっぱあれが一番楽しいなー私！」

『Milky way』は、私たちのユニットのファーストシングルで、ユニットの代名詞的な曲でもある。アップテンポでノリやすくて、私も大好きな曲。

「あ、それ私も思った。セカンドでやらなかったから、余計盛り上がったのかもね」

ツブヤッキーでも、「『Milky way』やってください！」って意見多かったし、やっぱり人気なんだなあ。コールも多くて一体感もあるし、ライブで聴きたい曲っていうのは分かる気がする。

……………蒼馬《そうま》くんも、そういえばファーストライブのこの曲で私のファンになったって言ってくれたんだよね。嬉《うれ》しかったなあ、あれは。

「曲が増えると、どうしてもライブで出来ない曲も出てくるもんねー。嬉し悲しだなあ…………」

「レッスンも大変だしね？」

「あははっ、ほんとそれっ！」

玲奈ちはけたけたと笑いながら私から離れた。またあとでね、と言い残して他の声優にアタックしにいく。ライブ終わったばかりなのに元気だなあ……あのバイタリティは尊敬しなきゃね。

他の声優さんとお疲れ様を言い合いながら、チラッとスマホを確認する。もしかしたら蒼馬くんから感想ルインが来ているかも……なんて思いながら。

案の定、ルインがメッセージ受信の通知を出していた。まだ蒼馬くんからだと決まったわけじゃないのに心が跳ねる。

私はうきうきでルインのアイコンをタッチした。

「――えっ……!?」

思わずスマホを落としそうになる。

あれこれ考える余裕はなかった。私は慌てて隅っこによると、迷わず通話ボタンを押す。

画面には静ちゃんの可愛《かわい》い自撮り写真。

コール音を聞きながら、頭の中では静ちゃんから送られたメッセージがぐるぐると回っていた。

蒼馬くんが……ライブに来られなかった……!?

――事情は分からないけれど、蒼馬くんはライブに来られなかった。

――信じられないくらい落ち込んでいた。

――私にはどうする事も出来ない。

静《しずか》ちゃんが話してくれた事をまとめると、そんな感じだった。終わり際に静ちゃんが言った「お願い、蒼馬くんを元気付けてあげて」という悲痛な声が、強烈に耳にこびりついている。

手短に通話を終えた私は、早鐘を打つ心臓を必死に宥《なだ》めながら頭を働かせる。

私に出来る事は何がある？

寧《むし》ろ、今私に会ったら余計辛《つら》いんじゃないのかな。それを想《おも》うと、そっとしてあげた方が良いような気もする。時間が解決してくれるのを待つのがいいんじゃないかな。下手に何かをして、余計蒼馬くんを傷つけてしまうのは避けたかった。

――――本当に、それでいいの？

「…………」

自問自答するまでもなく、答えは分かっていた。

蒼馬くんが辛い思いをしているのを知っていて、その上で何もしないなんて、そんな事出来るはずがなかった。

私、どれだけ蒼馬くんに迷惑かけてると思ってるの。

私、どれだけ蒼馬くんに助けられてると思ってるの。

私――――どれだけ蒼馬くんが好きだと思ってるの。

「…………あ」

分かってたけど……頭の中で言葉にするのは初めてだった。

弟みたいで可愛い、とか。

お酒の相手をしてくれて嬉しい、とか。

そういう気持ちが、全部ごまかしなんだって……本当は気付いていた。

気付いていたけど言葉にしなかったのは――怖かったから。

だって……蒼馬会で私だけ歳《とし》が離れてる。二十歳くらいの集まりの中で……私だけ二十代後半。世間的に見たらアラサーだ。

そんな私が、蒼馬くんの事を好きだなんて言ったら……ねえ？

犯罪？　みたいなね？

そんなふうに考えてしまって……自分の心に見て見ぬふりをしていた。私なんかに好かれたら迷惑だよねって予防線を張って。『推し』だと言われるたびに、勘違いしちゃダメって自分を押さえつけて。

でも――もう限界だった。

「……………っ」

居ても立ってもいられず、私は走り出した――思いついたんだ、私に出来る事。

SNS用の写真を撮っている皆や、休まず作業して下さっているスタッフさんの間を掻《か》き分け――衣装さんのもとへ。誰に言えばいいか分からないけれど、手遅れになる前に伝えなければ。

「――あのっ！　『Milky way』の私の衣装、一日でいいので貸していただけませんかっ!?」

◆

目を覚ましたら、暗闇の中にいた。

いつの間にか眠ってしまったらしい。頬に当たる生地の感覚で、ここがリビングのソファだという事が分かった。

身体を起こす。どれくらい眠ってしまったんだろうか。さほど時間は経《た》ってない気もしたし、意外ともう夜中な気もした。暗闇の中では時間感覚も朧気《おぼろげ》だった。

手探りでスマホを探し、画面を確認する。八時だった。一時間くらい眠っていたという事になる。

「…………」

この世には、時間が解決する、という言葉がある。どんな事も時間が経てば気にならなくなる、というような意味だと解釈している。喜びも、怒りも、悲しみも、いつまでも保持しておく事は人間には難しい。この言葉は俺も正しいと思っている。怒っていたのに、一晩寝たら全く気にならなくなるという経験は何度もあった。

けれど――どうやら今回の悲しみはなかなか根が深いようで。俺の精神状況は寝る前と何一つ変わっていなかった。心が麻痺《まひ》したように摑《つか》みどころがない。自分が何を考えているのか、自分でも分からなかった。

スマホをソファに放り投げ、頭をソファの縁に乗せ上を見上げる。ぼう、と暗闇を見つめていると、スマホが光り、俺の視界に無機質な天井が映し出された。

どうでもいいが、一応確認する。

「ん………？」

通知はルインの受信だった。自動的に指が動き、ルインのアイコンをタップする。

メッセージの主は――――今一番見たくない人だった。

『起きてる？』

メッセージはその一文だけだった。時間的に、ライブが終わって落ち着いた頃だろうか。すぐ俺にルインを送ってくれたのだと思うと、余計に合わせる顔がなかった。

蒼馬くんの為《ため》にも頑張らなくちゃね――ある日、ひよりんはそう言って笑ってくれた。その頑張りを無駄にしてしまったんだ、俺は。

『起きてます』

そう返さざるを得なかった。逃げたってどうにかなるわけでもない。誤魔化すのか、それとも正直に言うのか、自分の意思は分からなかったけど、無視してもどうにもならない事だけは分かった。

『家で待ってて』

ひよりんにしては珍しく、用件のみのストレートな口調だった。家というのがどちらの家の事か判断しかねるが、恐らく俺の家の事だろう。合鍵を持っているからどちらとも取れてしまうのが難しいところだった。冷静に考えれば、あの『八《や》住《すみ》ひより』の家の合鍵を持っているというのはとんでもない事だ。

「…………はぁ」

気分は、さながら刑の執行を待つ死刑囚。スマホをスリープさせると、再び暗闇が部屋を支配する。

無気力に真っ暗な空間を見つめていると、俺はいつの間にか眠りについていた。ライブが終わってまだ一時間しか経っていないのに『起きてる？』はおかしいという事には、ついに気が付かないままだった。

五章　八住ひよりとソロライブ

夢を見た。

とびきり幸せな夢だ。

俺は一人、ライブ会場に立っていた。一度も経験したことのないアリーナ最前列――その中央で俺はステージを見つめていた。

『今日は来てくれてありがとー！』

ステージの上では、キラキラの衣装に身を包んだ『八住ひより』が、こちらに向けて手を振っている。

観客は俺一人だ。

これは俺だけのライブで、ひよりんは真っすぐ俺の事だけを見つめていた。

スポットライトに照らされたひよりんは、俺に向かってあらゆるファンサをしてくれる。

視線をくれる。

手を振ってくれる。

指を差してくれる。

………夢のようだった。

ひよりんがステージ中央、俺の真正面でスッと表情を作る。俺が心を奪われた、あの凛々《りり》しい顔。

『まずは——蒼馬《そうま》くんが大好きなあの曲』

スピーカーから、聴きなれたイントロが流れ始める。俺がファーストライブで聴いて、『ひよりん推し』になったきっかけのあの曲。

『聴いてください——Milky way』

◆

「…………え……？」

夢と現実の狭間《はざま》で、俺の声は声にならなかった。

頭が完全にショートしている。ちょっと待て、一体何が起こっている!?

「ひよりん…………？」

しかしこれは完全に現実だった。圧倒的存在がそこにいた。

何が何だか分からないが——暗いリビングの中で、光に照らされた『八住ひより』が目の前に立っていた。

夢の中と同じ、あの衣装を着て。

目の次は耳が現実に帰ってくる。けれど、耳はまだ夢の中にいるみたいだった。夢の中で聴いたあのイントロが、変わらずに鼓膜を揺らしていた。

『八住ひより』は俺に気が付くと、目を細めて微笑《ほほえ》んだ。毎日のようにひよりんと話しているのに、目が合った事が何より嬉《うれ》しくて、心臓がドクンと跳ねた。俺の身体《からだ》はいつの間にかライブ会場にあった。

イントロが終わる。

これは夢の続きだった。ひよりんがその澄んだ声で、俺の大好きなあの歌を歌い始める。夢の中と一つだけ違ったのは――この場にはマイクもスピーカーもなかった。『八住ひより』の歌声が、直接俺に届いていた。

頭が真っ白になりながら、俺は一音たりとも聞き逃さないように、一瞬たりとも見逃さないように、全神経を集中させた。何が起きているのか考えるより、今は目の前の奇跡を大切にするべきだと思ったんだ。

一番が終わる。

夢はまだ覚めない。

どころか――更に現実味のない出来事が俺を襲った。

ひよりんは俺に近付いてくると、持っていた何かを俺に手渡してきた。こんなファンサは当然受けた事がない。マイクだと思っていたそれは、よく見ればサイリウムだった。

「………」

俺は熱に浮かされたようにサイリウムを点《つ》ける。ひよりんはステージに帰っていく。スイッチを操作し、俺はサイリウムを黄色に変化させた。『八住ひより』が演じるキャラクター『星野《ほしの》ことり』の色だ。

二番が始まった。

『八住ひより』はキレキレのダンスを踊りながら、力強い歌声でメロディーラインをなぞっていく。俺はいつの間にか落ち込んでいた事など完全に忘れ、腹から声を出していた。合いの手を入れ、必死にサイリウムを振る。全ては『八住ひより』を応援するために。

ラストのサビがやってきた。

夢の時間はそろそろ終わる。俺は必死にサイリウムを振り続ける。そうすれば、この時間は終わらないんじゃないかと思った。そんな事ないのは分かっていた。もうすぐ夢から覚める時間だった。

ひよりんが俺を見る。

俺もひよりんを見ていた。

『Milky way』のラスサビは、最後に指で銃を作り撃つような振り付けがある。俺はファーストライブで、たまたま『八住ひより』が銃を撃った先の席にいた。それで、完全に撃ち抜かれてしまったんだ。

勿論《もちろん》、俺に撃った訳じゃない。本当にたまたま、その付近の席にいたというだけだ。周りの人たちは皆、俺と同じように撃ち抜かれた事だろう。俺はただその中の一人というだけだった。

ラスラビが終わる。

ひよりんが指で銃の形を作る。あの時と同じ、キレキレの完璧な動き。

そしてそれを――はっきりと俺に向けた。

俺は笑っていた。多分、気持ち悪い笑顔だと思う。でも仕方ないんだ。『推し』を前にすると、人は気持ち悪くなってしまう生き物だから。心の底から俺は笑った。嬉しいのに、何故《なぜ》か涙が流れた。

ひよりんが銃を撃ち抜く。

アウトロが始まった。

その銃弾は真っすぐ俺に飛んで――俺の心臓を確かに撃ち抜いた。

◆

「静《しず》ちゃんがね、私に教えてくれたの。理由は分からないけど、蒼馬くんがライブに行けなかったみたい、って。」

『八住ひより』の姿をした『支倉《はせくら》ひより』が、事情を説明してくれた。俺ははっきりと夢から覚めて、やっとこれが現実なんだと認識していた。

「それで私が出来る事って何かなって考えたら……これしか思いつかなくて。喜んでもらえたかな…………？」

光の中で、ひよりんは遠慮がちに微笑んだ。よく見ればそのライトアップは左右に置かれたフロアランプによるもので、曲のインストはひよりんのスマホから流していたらしい。俺は本当にライブ会場に来たのかと思っていた。

「本当に、本当に最高でした…………何と言ったらいいか分からないですが…………とにかく感動しました」

自分の語彙のなさが悔しい。どれだけ言葉を重ねても、俺の気持ちを伝える事が出来ない。

いや…………そもそも言葉にする事なんて不可能なのかもしれない。俺の今の気持ちは、言葉になんてならなかった。

ひよりんはホッとした様子で胸を撫《な》で下ろす。ライブ衣装なのに行動はいつものひよりんだから、頭がバグりそうになる。

「良かったぁ……一人でやるの初めてだから、上手《うま》く出来なかったらどうしようってちょっと不安だったんだぁ」

「いや、もう、最高でした。今まで観《み》たライブで、間違いなく一番感動しました」

そりゃ、こんな至近距離で観られたらそうだろうという話ではあるんだが……俺が言いたいのはそういう事ではなく。

「本当に……ありがとうございます。俺の為にこんな……衣装まで準備してくれて」

「あはは……連絡を貰《もら》った時、丁度衣装さんが近くにいてね？　ダメ元で掛け合ってもらったの。本当は絶対ダメなんだけど……無理を言って、何とか貸してもらえたの」

そう言って、ひよりんはくるっと回った。水色を基調としたスカートがふわりと揺れる。

「ありがとうございます……すみません、何て言ったらいいのか……言葉が出て来なくて……」

ひよりんはさらっと言ったけど、ライブ衣装を持ち出すなんて普通は不可能なはずだ。どんな事情があっても、個人が私用で持ち出すなんて許されるはずはない。

……きっと、必死に頼み込んでくれたんだ。

そう思ったら……自然と涙がこぼれた。

「……すみません、ちょっと今おかしくて。ああもう、全然止まんないや……」

俺は必死に涙を拭う。なのに、次から次へと涙が溢《あふ》れてくる。ああもう、止まれって。泣いている場合じゃないんだよ今は。

「それは……感動の涙？」

「感動とか……感謝とか……申し訳なさとか……色々な涙です……多分」

「それなら……無理しなくていいんだよ。沢山感動して、沢山泣いてほしいな。勿論、申し訳なさなんて感じなくてもいいのよ？　蒼馬くんの事だもの、きっと仕方ない事情があったんだって分かるわ」

ひよりんの優しい声が、心の奥深くに溶けていく。『推し』にここまでしてもらえるなんて、俺はなんて幸せ者なんだろうか。感情がぐちゃぐちゃにされ、俺は更に涙が止まらなくなる。

「………ありがとう。そこまで私を『推し』てくれて」

ふわ、と何かが俺を包んだ。人肌に温かいそれは、まるで人の身体のようだった。

顔が何か柔らかい物に押し付けられ、そのまま沈み込んでいく。背中に温かい感触が回される。その感触は、どうしようもなく俺をホッとさせた。

「ひ、ひよりさん………？」

ひよりんが——俺を抱き締めていた。

間違いなく今、俺の顔はひよりんの胸に沈み込んでいる。熱湯をかけられたみたいに急激に顔が熱くなり、心臓が早鐘を打つ。

「私ね………ずっと蒼馬くんをこうしたかったの」

ぎゅう、と背中に回された腕に力が込められ、俺の顔は限界まで胸に沈み込んだ。何だこの幸せ空間は。

「蒼馬くん、いつも頑張ってるわよね。大学に行って、私たちのご飯を作ってくれて。静ちゃんのお世話だってしてているし、私もすっごく迷惑をかけちゃってるよね」

そんなことないですよ————と言いたかったけど、口を動かしたらとんでもない事になりそうで出来なかった。重ねて言うが俺の顔は今、ひよりんの胸にダイブしている。

「蒼馬くん、ちゃんと休めてるのかなって……私心配だったの。だから………」

ひよりんはそこで言葉を区切った。俺はそろそろ呼吸が苦しくなってきた。ずっとこのままでいたいけど、一回解放してほしい気もした。

「ほら…………蒼馬くん、前に……私にぎゅっとされるの……好き、って言ってたでしょう……？」

そんな破廉恥な事言ったっけ。思ってはいるけど、言ってはいない気がするんだが。でも言ったんだろうな、多分。酒の勢いかなんかで。

「ごめんね、私………中々勇気が出なくて。どうしても恥ずかしくて。でも……私に出来ることなら、やってあげたいなってずっと思ってたの」

ひよりんの柔らかな声色と温かい体温に包まれ、俺の心には得も言われぬ感覚が広がっていく。

「どう………かな？　癒されてる………？」

ひよりんの不安そうな声に、俺はその感覚が「癒し」なんだと気が付いた。俺は今、癒されているんだ。

それはそれとして、そろそろ呼吸が限界だった。このままでは俺は世界で最も幸福な死に方をしてしまう。俺はひよりんの背中をタップした。

圧迫感が消え、俺は胸から生還した。

「…………ぷはっ！　はあ、はあ…………」

「あ、ごめん……苦しかった……？」

「いえ……大丈夫、です」

大きく息を吸って、肺に空気を取り入れていく。

「癒された……？」

「そう……ですね。今、何だかホッとしています」

急に抱き締められた時はどうなる事かと思ったが、蓋を開けてみれば物凄《ものすご》い充実感が俺の胸をいっぱいにしていた。さっきまでの地獄のような辛《つら》さが嘘《うそ》のようだ。

「良かったあ……これで全然だったら、私、どうしようと思っちゃった……」

やはり相当恥ずかしかったのか、ひよりんが赤面しているのが暗がりの中でも分かった。部屋が薄暗かったこともひよりんがこのような痴態に及んだ一助になっていたのかもしれない。いくらなんでも、今の行動はちょっとおかしかった。まるで酔っぱらった時のひよりんみたいだった。

「ありがとうございます。本っ当に元気出ました。すっかり元通りです」

元通りを通り越してます。

「本当だ、いつもの蒼馬《そうま》くんだね」

ひよりんは俺の顔色を確認すると、立ち上がってさっきまでの位置に戻っていく。さっきはステージだと思っていたそこは、普通にテレビの前のスペースだった。

「……ふう……」

ひよりんが胸にを当て、小さく深呼吸をする。そうしてパッと顔を上げた時——ひよりんは既に『八住《やすみ》ひより』になっていた。表情一つで、全くの別人だった。

「今日のライブね、あと二曲やったの。聴いてくれるかな?」

俺は慌てて傍《そば》に転がっていたサイリウムを拾い直すと、それを思い切り振った。

「ありがとう。それじゃあ次の曲——聴いてください」

『八住ひより』はそれを見て——凜々《りり》しく微笑《ほほえ》んだ。

エピローグ

「旅行券十万円!?」

バン、と机を叩《たた》きながら静が立ちあがった。危うく味噌汁《みそしる》が零《こぼ》れかけ、俺は慌てて器を押さえる。

真冬《まふゆ》ちゃんはそんな静を意地の悪いにやつき顔で眺めながら、ずずと味噌汁をひと啜《すす》りした。

「ええ。私、この旅行券でお兄ちゃんと旅行に行ってくるから。そういう約束だったものね？」

真冬ちゃんはギロリと鋭い流し目を俺に向ける。俺はコクコクと首を縦に振った。

「そ、そういう事みたいなんだ。時期は分からないけど、家を空ける事になると思う」

恐らくは夏季休暇中になるとは思うが、細かい日程についてはまだ全然話し合っていない。

「でも、二人で十万円って……凄く豪華なのね？」

ひよりんがお茶碗《ちゃわん》を片手に微笑んでいる。静と違い落ち着いた様子。でも何故か、目が笑ってない気がした。

「そ、そうなんですよ……果たして、使い切れるのかどうか……」

単純計算、一人五万円だ。とんでもなく豪華な旅館やホテルに泊まれるんじゃないか。

「えー、ズルいズルい！　私も行きたい！」

既に食べ終わっている静《しずか》は、両手が空いているのをいい事に全身を使って暴れ出した。子供かお前は。いや、普通に子供か……。

「どうして私が静に旅行をプレゼントしなければならないのよ」

「それは……ほら。いつもお世話になっているお返し――ヒィ！」

真冬ちゃんに睨《にら》まれ、静は縮み上がった。言い合いで真冬ちゃんに勝てるわけないのに、どうして懲りないんだろうなあ。

「旅行かあ……いいわねえ。私、最後に旅行に行ったのいつだったかしら……」

ひよりんが頬に手を当て、考え事を始める。今の台詞《せりふ》が妙に芝居がかって聞こえたのは、果たして気のせいだろうか。

「えー、ちょっと……本気で羨ましいんだけど！　逆に蒼馬くんはいいの、真冬と二人で？　真冬なんて旅行先で何しでかすか分からないわよ!?」

一番何をしでかすか分かったもんじゃない静が、自分を棚に上げ叫んだ。でも、確かに俺も同じ気持ちだった。

真冬ちゃんと二人きりで旅行は……はっきり言って危険すぎる。色んな意味で。

「真冬ちゃん、一応聞きたいんだけど……もしホテルに泊まるとしたら二部屋取るんだよね？」

真冬ちゃんは俺の質問に、本当に意味が分からないというように首を傾《かし》げた。

「どうしてわざわざ二部屋にするの？　一部屋、それもセミダブルで充分じゃない」

「ツインですらないのか………」

想像の斜め上の答えが返ってきて、俺は頭を抱えた。このままでは本当に俺は旅行で色々な物を失う事になってしまいそうだった。

「………あっ！」

難しい顔で考え込んでいたひよりんが、何かを思いついたように声をあげた。ひよりんはひよりんでさっきから挙動不審だ。

ひよりんはまるで生徒指導の先生のように、ぴっと真冬ちゃんに指を向けた。

「真冬ちゃん。ダメよ、未成年でそんなの。年長者として見逃せないわ」

真冬ちゃんはひよりんに視線を向け、眉を僅かに下げた。流石《さすが》に静相手のように睨んだりはしない。

「そもそもね、若者二人で旅行に行くのは危険よ。監督者として私も付いていく事にしますから」

「………は？」

あ、化けの皮が剝がれた。真冬ちゃんが思い切りひよりんを睨んでいる。

しかし……流石は社会人。ひよりんは怯《ひる》まない。

「っ…………そもそもね、蒼馬くんは私たちの夜ご飯を担当しているんだから、全員の許可なしに旅行に行く事は許されないと思わない？」

「！　そ、そーだそーだ！」

ひよりんのトンデモ発言に、静が加勢する。

「蒼馬くんがいない間に私が餓死したら、真冬責任取れるの!?」

「両親に連絡はしてあげるわよ」

「いらんわそんなん！　血も涙もない女！」

キーキーと静が騒ぐ。この粘りっぷりをみるに、本気で旅行に行きたいみたいだな……。

そりゃあ俺も全員で行った方が楽しいと思うけど、旅行券は真冬ちゃんのものだしな。

それに、約束もしてしまっている。今回ばかりは真冬ちゃんが絶対神だ。

真冬ちゃんは静とひよりんに視線を向け…………呆《あき》れたように肩を落とした。口から大きな息が漏れる。

「はあ…………いいわ。旅行は全員で」

「ホントッ!?」

静がテーブルに身を乗り出す。

「えっ…………本当にいいの？」

ひよりんも、自分で言い出した事なのに目をぱちくりしていた。

「ええ。元々私も、そうしようかなって思っていた部分もあったから。それに…………」

真冬ちゃんは、珍しく視線を逸《そ》らした。いつでもしっかりと相手の目を見て睨む真冬ちゃんが。

「…………皆とも、もっと仲良くなりたいし」

そう言って、真冬ちゃんは真っ白な頬を赤く染めた。一瞬、時が止まったかのように静寂が訪れる。

静けさを破ったのは、この世で最も名が体を表していない静だった。

「ぬおおおおん、まふゆうぅうううう！　うい奴《やつ》よのおお!!」

「ちょっと、暑苦しい。離れなさい静！」

「うふふ…………ありがとね、真冬ちゃん」

静とひよりんは、何だか可愛《かわい》らしい物を見るような目で真冬ちゃんに迫っていた。

蒼馬会は、今日もいつも通り。

あとがき

こんにちは、遥透子《はるかとうこ》です。

こうして二巻を出せた事、本当に嬉《うれ》しいです。ありがとうございます。

さて、本巻はとてつもない修羅場の末に生まれました。今、徹夜明けの朝七時にこれを書いている事が全てを物語っているのですが……編集さんを始め、多くの方に迷惑をかけてしまいました。本来であればこのスペースは『あとがき』ではなく『反省文』とすべきなのかもしれませんが、皆様にお聞かせするものでもないかと思うので後日個人的に謝ろうと思います。

話は変わりまして、最近私に起きた『変化』について話そうと思います。

端的に言うと………ピザを食べるようになりました。あの、街中でよく見かける宅配ピザです。配達エリアが殆《ほとん》どないド田舎に住んでいることもあり、これまでの人生で殆ど食べた事がなかったのですが、それなら自分で取りに行けばいいじゃないかと一度頼んでみた所――これがまあ美味《おい》しくて！　気付けば週に一回食べるようになってしまいました。

そうするとどうなるかというと………見事に太りました。当然ですね。この前体重を測ったら、ものの見事に六十キロオーバー。人生初の経験に私は恐れおののき、思わず最寄りのハンバーガーショップに駆け込みました。そうしてLサイズのポテトを頬張りながら、もう絶対ピザなんて食べないんだからと心に誓ったのです。最近は週に一回ハンバーガーを食べています。痩せてきた実感は今の所ありませんが、ゆっくりと経過観察をしていく所存です。

そんな感じで生きている私ですが、嬉しい事もありました。何かというと………ズバリ、『推し推し』のコミカライズです！

カタケイ先生が描いて下さるすんばらしいコミカライズを、日々ひゃっほーと叫びながら楽しませて頂いています。本当にありがとうございます。コミックガルド様で読めますので、そちらも是非是非よろしくお願いします！

イラストを担当して下さっている秋乃《あきの》える先生。いつもめちゃくちゃ可愛《かわい》いイラストをありがとうございます。先生のお陰で、毎日笑顔で生活出来ています。爆裂スケジュールになってしまい大変ご迷惑をお掛け致しました。

そうやって日々一生懸命生きている私の近況は、ツイッターで知ることが出来ます。美味しいご飯の画像から競馬の買い目、今日使える面白ギャグまで、この世の全てがそこに詰まっています。良かったらフォローしてみて下さい。絶対後悔させます。

三巻でお会い出来ることを祈りつつ、眠気が限界なので横になろうと思います。では。

作品のご感想、ファンレターをお待ちしています

あて先
〒141-0031
東京都品川区西五反田 8-1-5 五反田光和ビル4階
ライトノベル編集部
「遥 透子」先生係／「秋乃える」先生係

OVERLAP

ネットの『推し』とリアルの『推し』が隣に引っ越してきた 2

発　　行　2023年8月25日　初版第一刷発行

著　　者　遥 透子

発 行 者　永田勝治

発 行 所　株式会社オーバーラップ

〒141-0031　東京都品川区西五反田 8-1-5

校正・DTP　株式会社鷗来堂

印刷・製本　大日本印刷株式会社

Printed in Japan　ISBN 978-4-8240-0579-3 C0193

オーバーラップ　カスタマーサポート

電話：03-6219-0850 ／受付時間 10:00～18:00（土日祝日をのぞく）